GONG LIU WENCUN
SHIGE JUAN

诗歌卷（三）

公刘文存

公 刘 著　刘 粹 编

时代出版传媒股份有限公司
安徽文艺出版社

图书在版编目（CIP）数据

公刘文存. 诗歌卷：全4册/公刘著；刘粹编. —合肥：安徽文艺出版社, 2018.6
ISBN 978-7-5396-5874-2

Ⅰ. ①公… Ⅱ. ①公… ②刘… Ⅲ. ①中国文学－当代文学－作品综合集②诗集－中国－当代 Ⅳ. ①I217.2

中国版本图书馆CIP数据核字(2018)第054498号

出 版 人：朱寒冬		特约策划：万直纯	
选题策划：朱寒冬 岑 杰		丛书统筹：岑 杰	
本册责编：姜婧婧 韩 露		装帧设计：张诚鑫	

出版发行 时代出版传媒股份有限公司　www.press-mart.com
　　　　　安徽文艺出版社　　　　　www.awpub.com
地　　址：合肥市翡翠路1118号　　邮政编码：230071
营 销 部：(0551)63533889
印　　制：安徽新华印刷股份有限公司　　(0551)65859551

开本：700×1000　1/16　印张：321　本册字数：400千字
版次：2018年6月第1版　2018年6月第1次印刷
定价：880.00元（全9册，精装）

（如发现印装质量问题，影响阅读，请与出版社联系调换）

版权所有，侵权必究

目录

001 / 心上的歌

002 / 盾

003 / 龙门渡

004 / 颍河传说

006 / 欧阳修的子孙

008 / 过华佗庙

009 / 银镂玉衣

010 / 湖　巢

012 / 歌唱放王岗

014 / 姥山故事

016 / 初赏牡丹

017 / 二赏牡丹

018 / 三赏牡丹

019 / 洛　阳

021 / 吊白居易

022 / 龙门奉先寺石窟写意

023 / 钟

025 / 开　封

027 / 刑徒砖

030 / 扭　柏

031 / 郑州邙山黄河游览区题诗

032 / 银　杏

034 / 泡　桐

035 / 悬铃木

036 / 将军柏

037 / 少林寺脚印

038 / 下坡杨和暖气片

039 / "我哥——回！"

041 / 关于诺贝尔奖金

050 / 旅顺口

052 / 黑石礁

053 / 啤酒花

054 / 破镜子

055 / 咏马踏飞燕

056 / 下野地的舞台

057 / 大田中的沙包

058 / 狂风……碾压着一株向日葵

060 / 赠二位哈萨克少年歌手

062 / 惠远城的四株大树

065 / 夜宿果子沟

067 / 赛里木情思

072 / 唐三彩陶俑

073 / 我们帮春天回忆

074 / 春天进行曲

076 / 向春天致敬

078 / 最后一个冬夜

079 / 拜　访

084 / 莫合烟

087 / 军人种下的西瓜

089 / 霍尔果斯国门

092 / 古尔班通古特的地窝子

094 / 乡　音

096 / 天　山

099 / 伊犁河谷

103 / 伊犁河！为什么你向西流？

106 / 关于塔松

108 / 谒阿合买提江墓

111 / 大西北，一个即将成熟的神话

130 / 旗　誓

132 / 野史亭

134 / 卧牛城

135 / 太　原

137 / 石家庄

138 / 赵州桥

141 / 正定府

143 / 合　肥

145 / 蠡县·辛兴

147 / 河间：三十里铺

149 / 唐　县

150 / 中国的金字塔

152 / 任　丘

153 / 功勋井

154 / 济　南（1）

155 / 济南革命烈士纪念塔

156 / 济　南（2）

157 / 黄河的骄傲

159 / 淄　博

160 / 满　井

161 / 聊　斋

162 / 赞鼻烟壶内画

163 / 可悲的诗意

165 / 青　岛（1）

166 / 青　岛（2）

167 / 青岛海滨浴场印象

169 / 雾之乳绝句

170 / 两只桃子

171 / 蛋壳瓷

172 / 题闻一多石雕

173 / 青岛小夜曲

175 / 崂山石匠

177 / 我喝到了当天生产的啤酒

179 / 芝罘岛

180 / 烟　台

181 / 蓬莱阁上的避风亭

182 / 太原和我

183 / 咏灵岩寺彩塑

184 / 登泰山日观峰看日出

186 / 曲　阜

188 / 邹　县

189 / 过孟轲故里

190 / 劝嬴屃

192 / 塔林一觉

193 / 泰山石敢当

196 / 致东坡居士

199 / 金果颂

201 / 没有美酒的壮行歌

208 / 海　颂

219 / 刊授大学之歌

221 / 凤　阳

222 / 远去的帆影

224 / 序幕已经拉开

225 / 我的贺年片

227 / 三　月

229 / 闲　谈

236 / 黄鹤楼

237 / 竹林日记

239 / 芭蕉问答

241 / 桅子花忆旧

243 / 碎月滩

245 / **桃花潭**

246 / **敬亭山**

248 / **山葡萄素描**

249 / **神秘电话**

251 / **六个乐章的海洋组诗**

  251 / 第一乐章：钱塘潮

  252 / 第二乐章：舟山岛

  254 / 第三乐章：黄浦滩

  256 / 第四乐章：古商港

  258 / 第五乐章：相思海

  259 / 第六乐章：中华魂

262 / **寿巴金同志**

264 / **咏歙砚**

266 / **1986：历史的回声**

276 / **厦门：郑成功肩头月**

278 / **距　离**

279 / **今日扬子鳄**

280 / **无题之一**

281 / **无题之二**

282 / **无题之三**

283 / **兰**

284 / 一　闪

286 / 以　往

288 / 一半是蓝图

290 / 开荒牛

291 / 建筑大观

293 / 渔家庭院

295 / 赞国际贸易大厦

297 / 国贸大厦旋转厅与鸟

298 / 西丽湖度假村

300 / 球体咖啡厅

301 / 蛇口：偷渡者的方尖碑

303 / 北京鸭

304 / 望乡碑

305 / 鱼骨天线

306 / 沙头角

308 / 西樵山文鱼如是说

310 / 湾仔游

312 / 偶　闻

313 / 桂山岛

315 / 漂流大陆

318 / 海南啊，我的海南……

320 / 钻石指环

321 / 珠贝项链

322 / 过琼海

323 / 兴隆神话

324 / 中国咖啡

325 / 探远亲

326 / 大东海的五分钟

328 / 清澜港

329 / 牛路园

330 / 荒谬的椰子树

332 / 唉,神秘果……

333 / 台　风

334 / 天涯海角

335 / 鹿回头

336 / 谒五公祠

337 / 海瑞墓

338 / 寄生蟹

339 / 天一阁

341 / 叹北仑

342 / 瓦灰色的颂歌

344 / 沈家门鱼宴

346 / 梵音洞

348 / 舍身崖断想

349 / 磐陀石

350 / 链

351 / 沉　船

353 / 舟行闻鼓

354 / 圆　寂

357 / 四爪锚

359 / 琴　岛

360 / 空间和时间

361 / 神奇的绸布

362 / 勋　章

363 / 新《节马行》

368 / 珠江中秋夜

370 / 记得那天夜半砰然枪声响

372 / 关于一座雕塑的传奇

375 / 孙中山铜像

376 / 黄埔白兰

377 / 酸豆树

378 / 听孙中山先生讲演录音

379 / 丰镐房

382 / 雪窦寺编年史

385 / 棋　局

393 / 黑色新闻联播（组诗四首）

　　　393 / 哈雷彗星

　　　395 / 尧茂书

　　　396 / 海　曼

　　　397 / 挑战者号

400 / 黄花夜市

401 / 男性世界

402 / 白天鹅

403 / 花园酒楼

404 / 广州电视塔音乐茶座

406 / 广九路有两条

　　　414 / 附录:时空奏鸣曲

423 / 漂流新解

426 / 菊

427 / 拱　北

429 / 保龄球

431 / 《大刀王五》

432 / 池畔老者

433 / 羊舍咏叹调

434 / 门楣上的铭言

436 / 月亮从东方追来

437 / 风　车

438 / 晚　祷

439 / 石　头

441 / 红灯区

442 / 献给某些爱狗的姑娘

444 / 一日四季

445 / 答一位绿党党员

448 / 最末一位容克后裔

450 / 葡萄酒旋风

451 / 莱辛憩园

452 / 跳蚤市场

454 / 寻找小胡子

457 / 海鸥意象

458 / 闻　笛

459 / 钟　楼

460 / 牧鸭姑娘

462 / 鼻烟壶和自我介绍

463 / 科隆香水

464 / 科隆大教堂静坐片刻

467 / 致罗累莱

468 / 铁　鲸

469 / 波恩红唇

471 / 子夜散步

473 / 花　店

474 / 积木堆里的化学反应

476 / 擦肩而过……

477 / 波恩时间

478 / 泰山天街

479 / 醉翁亭

480 / 水墨画：皖南黟县西递村古民居

481 / 后出塞

482 / 无名的雅布赖

484 / 琴　鱼

486 / 梦　蝶

487 / 长江与一滴水

488 / 为您的手祈祷

492 / 每当我陷落于骚动的人群……

493 / 梁山酒歌

494 / 我对南风诉说……

495 / 问礼巷白日梦

500 / 成汤陵

504 / 古井贡酒吟

506 / 雷峰塔

507 / 俯瞰富士山

508 / 寄自新大陆

509 / 签

510 / 老兵节

512 / 教堂秘闻

514 / 印第安人群舞

516 / 布鲁克林

518 / 魔鬼曼哈顿

520 / 破碎的地球

521 / 热流环行

523 / 告别自由神

524 / 海　鸥

526 / 乔治·华盛顿

528 / 圆

530 / 模拟地震

531 / 被瓜分了的星星

533 / 联合国

535 / 并非平行序列

536 / 第五季

538 / 海狗山眺海

539 / 思想者

540 / 暮

541 / CHINA TOWN（唐人街）

543 / 天使岛

544 / 哭胡耀邦

546 / 平平仄仄和长长短短

548 / 流行色

550 / 星星在天上忙着穿梭织网……

551 / 读《诗经》

552 / 野　草

554 / 冷风景

556 / 站牌传奇

558 / 别看我的胡子像老榕树一样

心 上 的 歌

　　这一首小诗献给当之无愧的中华体育健儿

你是第一声报晓的鸡唱,
惊醒了四邻八舍的所有门窗;
你是第一缕灿烂的阳光,
在大野的薄暗中透露了鲜亮;
你是第一片轻启芳唇的花瓣,
天地间开始流溢着春之异香;
你是第一颗琥珀色的汗珠,
无声而激烈地谴责了唾沫的肮脏;
你是第一股轰然作响的爆发力,
宣告了久病复苏者拒绝死亡;
你是第一具民族的庄严塑像,
鹰隼似的矫健,雄狮般强壮;
哦,你的肌肉、筋骨和微笑也是我的呀,
我早先不曾得到的,如今都活在你的身上!
我的总是被强箍上荆冠的头颅,
竟因你的冕襟而从此光焰辉煌!
让它们统统见鬼去吧!污秽、堕落、颓丧,
我知道,有了你,我的心就不会白白地期望!

1983 年 2 月 1 日　合肥

盾
——纪念蒋筑英、罗健夫

我们赤手空拳,除去
盾状的心,没有武器,
生命、爱情和希望
全都仰仗它护卫。
这是一张什么样的盾啊,奇迹!
大得足以将整个中国荫庇;
外壳下面,那怦怦作响的
是不愿偃卧的旗……
当我们跋涉于沙漠的时候,
岂能因疲累而屈膝?
红柳般萌生的是顽强的意志呀,
复活它!耕耘这早年失掉的土地!

1983年2月24日　合肥
为湖南人民出版社1984年《新诗日历》而作

龙 门 渡

不要指望好风相送，
不要埋怨逆浪汹涌，
到这里就该作最后的冲刺，
起跑线早应刻在你的胸中。

跳过去真的变龙？
跳不过果然成虫？

不满百年的人生旅程，
有多少关隘一决雌雄；
幸亏我的大脑比鱼脑管用，
从未妄想一跃便登九重。

胜利者真的是龙？
失败者果然叫虫？

1983 年 3 月　合肥

颍河传说
——唱在伟大改革的春风中

请往水下看,请往深处摸,
这滚滚的颍河浊波
掩藏着什么?
有一段,有一段比石头还要顽固的
五千年都冲不走的
传说:

谁在这里拼命地洗过耳朵?
许由:灵魂孤傲而又脆弱!
只不过因为
听了帝尧的一句话,
他却嫌太龌龊……

今天,我并不愿批评他的过错,
尽管他是古典的个人主义者!
原谅他吧,原谅他吧,
他何尝学过
巴黎公社的神圣原则!

然而,我又感到惶惑,
面对历史的严峻选择,

偏偏有人欺骗自己,欺骗生活——
用粉红的玻璃纸和闪光的金箔,
像包裹糖块一样
包裹丑恶。

颍河啊,我祈求
你快快驱逐许由的精魄!
送进东洋大海去吧,
还我一个
大家都既是主人又是仆人的
不讲利禄官爵的
共和国!

       1983年4月2日　夜深于界首

欧阳修的子孙

安徽阜阳城外,有一个被黄河泥沙淤塞了的西湖,它曾因居官颍州的欧阳修的吟诵而名重天下。

我们去凭吊欧阳修的西湖,
一个实际不复存在的西湖,
一个徒自空留美名的西湖,
——一片洼地,一片庄禾,一片杂树。

附近小村里却有一座祠堂,
刻着庐陵字样,立着诗人肖像,
满村子都用这响亮姓氏,
五百口合一族人丁兴旺。

我自报家门:在下是江西人,
村民们笑了,立刻来认远亲;
我不习惯对方的淮北方言,
头顶上总盘旋着一段疑云。

然而不!一切都无可置疑,
打从欧阳修数起,家谱就是记忆;
遗憾,书香消散殆尽,
人世沧桑,莫非真有灵气?

有几个娃儿打我身边跑过,
书包崭新,快乐的目光如火;
站住!据说五百年一轮回,
让我摸一摸,有无诗的脉搏!

过华佗庙

才不过一次初诊,
就识透了豺狼本性;
于是你故意误投药石,
拼了老命,还搭上名声。

咬着牙自毁医德,
为的是救天下生灵;
这一段公案可是个秘密,
我当面说穿了你却默认。

最可鄙那帮御用文人,
翻案文章骗不过百姓眼睛——
纵然他照旧枭雄横行,
纵然你只有小庙栖身……

银缕玉衣

安徽省亳州新近发掘出土银缕玉衣一件,相传为曹操的养父、太监曹嵩所着。

银缕玉衣,我来问你,
你可是金缕的同胞兄弟?
两千六百四十六块白玉,
装饰着一具黑色的尸体。

银缕玉衣,你可知罪?
你的恶行何止1.88米?
将你在新鲜空气中展览,
为的是验证我们的免疫力。

湖　巢
——献给巢湖的一曲颂歌

巢湖，请理解我对你的特殊的礼貌，
巢湖，请宽恕我将你的名字打个颠倒，
这绝不是顽童的恶作剧，
也并非莽汉的无理取闹；
都只为你不拒涓滴，不嫌渺小，
为长长短短二十八股河水垒起了归巢。
而珍奇的燕子鱼更论证了——
鱼巢，同样可以兼作鸟巢；
水手们和水军们戏弄着五百里波涛，
艨艟、小舟与腰盆一齐拍着翅膀哗笑！
并且你还是风之巢、浪之巢，
好一座用潮汐锤炼勇敢的学校！
关于你的种种神话、传奇，
全高扬着中华民族的脊梁与大脑！
一旦冲决三峡的洪峰倾泻而下，
你就立刻迎上去，张开强健的胃囊，
替骨肉至爱的母亲长江吞食忧愁和烦恼，
仿佛孝顺的犊儿，日夜反刍着
来自巴蜀荆襄的九派滔滔……
巢湖啊，仅仅凭了这一点，
我也该向你大声叫好！

是你的行动给了我以启示:

什么叫作博大,什么叫作崇高;

倘若做一个大写的人,

需要何等的胸襟与怀抱!

1983 年 4 月 8 日　夜深,游湖归来

歌唱放王岗

我拜访过不少通都大邑,
也浪迹于许多穷乡僻壤,
可如今来到了安徽巢县,
才知道有个地名叫放王岗。

想当年这儿定然是一片蛮荒,
到处出没着毒蛇、猛虎与恶狼;
既然夏桀生就野兽的本性,
他理当归入这嗜血的一帮。

这桩公案还戳穿了一个弥天大谎——
民主,并非只能和资产阶级共着裤裆;
请看放王岗拿出了如山的铁证,
雄辩地说明了中国早就是民主的故乡。

或者问,是谁流放的夏桀?
我说,是人民!不是商汤!
最难料汤的末代竟又如此健忘,
终于遭到了同样可耻的下场。

或者问,是谁流放了商纣?①
我说,是人民!不是武王!
看起来有一具可怕的幽灵,
始终在一切暴君身边游荡……

放王岗啊放王岗!
应该宣布你是共和国的殿堂!
我要为你歌唱!
我愿为你歌唱!

1983年4月8日　巢县

---

① 山西有座纣王城,传说是囚禁商纣的地方。

姥山故事

　　五百里巢湖中,屹立着一座姥山,相传为一仁慈的老妪所化。

从我们古老记忆的褶皱深层,
能发掘出一个不吉利的时辰:

有位幻化作乞儿的伟大先知,
来到了这方土地做告别巡行;
他衣衫褴褛,又癣疥满身,
沿门托钵,讨一杯残汤剩羹。

朱红的庭院对他訇然闭紧,
官道上的轿舆也掩帘飞奔;
独有小小的一间破败草庵,
施予了沸热的薄粥与同情。

这时节,乞儿才道破了秘密身份,
并且预报了一次恐怖的陆沉:

老婆婆,从今后每天天色微明,
你都要看一看衙门口石狮子的眼睛;
假如发现它们双目开始泣血,

你一定得赶快跑出北门——

往前去,莫要回头莫要停,
爬上了四鼎峰才能保住性命。
老婆婆满怀感激,铭记在心,
送走了先知,便逐日探看,逢人报讯;

这一日石狮子果然潸然泪下,
但她没有逃跑,反而当街立定;
一面是呐喊声声,一面是洪水滚滚,
惊涛骇浪中,她有如姥山般坚挺。

唉,她救下了好人也救下了恶人;
人道主义是有原则的,这就是教训。

1983 年 4 月 10 日　巢县

初赏牡丹

洛阳的名花倾国倾城,
哪一朵不令人醉心?
然而我却想寄语君子——
莫忘了簇拥的团团绿云。

1983年4月19日　洛阳
题赠洛阳王城公园

二 赏 牡 丹

牡丹之于众花,理当
是这样一种王——
一如舜之于虞,
一如尧之于唐,
众花拥戴别的,
她就甘愿禅让。

1983 年 4 月 22 日　洛阳
题赠洛阳牡丹公园

三 赏 牡 丹

听说,洛阳的牡丹
品种有百儿八十,
最最教我流连的
还是赵粉、姚黄和魏紫;
并非没有更美艳的颜色,
并非没有更雍容的风姿,
可怜尽是些
骚人墨客起的名字,
遗忘了——
不该遗忘的姓氏。

        1983年4月25日　洛阳

洛　阳

洛阳,我总算熟识了
你的人间的面庞——
皎洁的面庞,
粉青的面庞,
鹅黄的面庞,
玫瑰的面庞,
殷红的面庞,
紫乌的面庞,
凝重,热烈,端庄;
告别了,却不悲伤。

洛阳,我总算领略了
你的天上的异香——
皎洁的异香,
粉青的异香,
鹅黄的异香,
玫瑰的异香,
殷红的异香,
紫乌的异香,
清幽,甘醇,淡荡;
隐退了,却不迷茫。

我是一个流浪汉，
不习惯儿女情长。

我是一个修行者，
不擅于蝶恣蜂狂。

我是一个乐天派，
不可能悲观绝望。

洛阳，我的确心悦诚服了
你的安排生活的主张：
与其终年不热不凉，
哪如一霎时爆炸春光！

1983年4月25日　洛阳

吊白居易

多情伊川水,
抚琴不断弦,
道路崎岖登香山。

凭吊老仙翁,
寥落少人烟,
柏立苔卧两森然。

慷慨新乐府,
寂寞书几卷?
琵琶峰上问苍天。

二十七年了,
获罪一诗笺,①
而今烧来作纸钱……

1983年4月20日　谒墓途中口占

---

① 1956年,我曾在杭州涂小诗一首,思念白居易,竟因之成为"反党"罪证。

龙门奉先寺石窟写意

　　武则天当过尼姑,后因李治专宠而发迹。法明和尚跑去拍马屁,胡说她是弥勒的化身,从此,武氏役使万民,广筑庙宇,致使国库虚耗。陈子昂曾在《感遇》诗之十九中,讽喻这件事:"夸愚适增累,矜智道愈昏"。批评得对。

传说大卢舍那佛的雕像
复印了女皇当年的漂亮——
面如满月,
顾盼流光,
天庭似海洋;
唯有二者肯定征自民间下方,
一曰恬静,
一曰慈祥,
谁有这等好品质?
不待问,老石匠。

钟

　　开封相国寺内,悬一铜钟,重万余斤,清代乾隆三十三年(1768)铸造。

你,古刹里的古钟,
多么凝重,多么沉雄!
上半截被岁月冻得铁青,
下半截为人心磨得棕红;
我环行一匝,匆匆,
匆匆将你叩问,
巴掌和话音,都唯恐
失之太重。
一旦当我发现了
排在地方大员的名籍之后,
居然有两列
位置相当、字体相同的火金工,
我的快乐教我心疼!
你立刻便不朽了,古钟!
我宣布承认你了,古钟!
据说,三百六十五日之中
唯有霜天
你的呼声最神通——
宏亮,悠远,流播于无穷。

请相信,到时候我会响应你的。
不论我羁旅何处,南北西东,
只要你喊我的名字,
我必定,报以
心的激烈的搏动……

       1983年4月27日　游罢归来

开　封

在这里，
黄河被叫作悬河，
（我惊奇，
地理教科书竟容忍了这种扭曲。）
十三层铁塔顶上
漫过了滚滚黄水；
车间的轰鸣，
球场的喘息，
剧院的掌声，
托儿所的娇啼，
还有六十万颗心的搏击，
统通
活跃在水下十米……

主人让我们乘船去巡弋！
对于这样一份勇者的邀请，
该怎么表示谢意？
突然，北方扑来了七级大风
还夹带着狂暴的沙雨，
嗬，真是好天气！
上帝亲自替我们解了围，
避免了，一场豪壮的

又毕竟是残忍的
游戏。

但是,我终于看见了
翻腾的浊浪,和浪中屹立的石堤,
人与自然,就这样
进行着无休止的角力——
一方依仗着原始的神秘,
一方凭借着伟大的智慧。
车间、球场、剧院、托儿所全都活着,
六十万劳动者在愉快地呼吸,
开封,我向你敬礼!
你的名字叫胜利!

        1983年4月28日 黄河归来

刑 徒 砖
——悼念刘少奇同志

从洛阳的地下深处,
发掘出许多骸骨,
各有一块大砖
镇压着死者胸部——

砖上刻着姓氏、籍贯,
并且注明何日物故,
最坦白的是:受了什么刑罚
都说得毫不含糊。

对于这些屈死的冤魂,
人们统称之为刑徒;
虽然是早殁于汉代,
不公正,但是很清楚。

……在开封的地上人间,
另有一种传说流布,
它活在百姓的嘴上和心上,
因此用不着去考古。

话说一九六九年十月十七日,

有一位要犯受到了"监护",
专机载着他的担架,
来自共和国的伟大首都。

二十七天之后他就死了,
死得这样自然而又突兀;
他死于四堵砖墙的哑默,
死于一些没有泪水的眼珠。

什么病?肺炎和糖尿症,
却不能透视,也没有药服;
"根据现有条件治疗。"
这是谁的吩咐?!

开封啊,你徒然有光明磊落的名字,
偏窝藏着最黑暗的动物!
今天我要为古城鸣不平,
因为她无端受辱却无力自助!

更有深夜火葬的把戏,
上演了越发丑恶的一幕;
"死者系患烈性传染病,
必须事先严密消毒……"

三角巾包严了那张惯熟的脸,
接着又全身紧紧裹上一层白布,

岸然的身躯挺卧在吉普车内，
颠簸的双脚却在寒风中颤抖控诉。

十八元一只的廉价的骨灰盒，
筑成了他永久的归宿；
鬼蜮们又制造种种假象，
一切的一切都为了乱人耳目。

姓名变作了刘卫黄，
年龄倒填了的是无关大局的实数，
最难堪的是"职业"一栏，
将仅设一人的项目篡改为"无"！

若问死者有何亲属？
刘源，那个卖血为生、下落不明的遗孤！
意味深长的是编号十分凑巧，
1 2 3，一个预告着揭晓的数目！

二十七天不曾说一句话的他，
到底留下了响亮的遗嘱：
绝不能再发生这样的事了，
二十世纪，竟连封建时代都不如！

1983 年 4 月 29 日　开封

扭　柏

　　洛阳关林有一古柏,自根至梢作螺旋状,生态极为奇特,撩人遐想。

我感到了被扭曲的苦痛,
我经历了挣扎着的上升运动。

离心力和向心力保持危险的平衡,
历史,行进得突兀而又从容。

谁能扫荡世间的积垢?
唯有人民自己的龙卷风!

1983年4月30日　开封

郑州邙山黄河游览区题诗

今天我来看您了,黄河,
可为何您如此沉默?
莫非在思忖生平功过,
才止息了不测风波?
——其实,自大禹而下,
全都是忤逆者有错!

1983 年 5 月 1 日　邙山即兴

银　　杏[①]

　　开封相国寺内,有一尊千手千眼观世音,法相庄严肃穆,造型美轮美奂,然而,它的前身却是一株银杏。

你,凭借着王者的气度,
闯过了冰河期的冷酷;
那可不是小学生的期中测验啊,
恐龙,猛犸,无奈何,
都纷纷把骸骨交还给地母,
等待着后世的惊叹与惶怵。
唯有你被复原成了一尊大佛,
一千只手,一千只眼,
一千重神秘的烟雾……
静悄悄地立在这里,立在这里,
向善男信女们布施禁果似的幸福。
创造的大师哟,你叫什么名字?
曾有过哪些希望?多少痛苦?
能否托梦来告诉?
……时光和流水一道消逝了,
关于这,还是任谁也说不清楚。
连猜一猜哑谜的兴致

---

① 银杏为新生代的孑遗植物。

都如同木乃伊一般逐渐干枯；
我们的世界只知道拥抱——
诞生于树木的不朽艺术。

1983年5月1日　郑州

泡　桐

黄泛区的春天。

当空气喘息的时候,
人们就会闻见
一股淡淡的苦味,
一丝薄薄的微咸……

年复一年,虽然,
吃喝都是难以下咽的盐碱,
却心甘情愿
将整个身心贡献;
由于泡桐,生活
才有房椽,炎热
才有凉伞,寒冷
才有薪炭,痛苦
才有琴弦,欢乐
才有亿万块紫色的小手绢,
而这里众多的乡土诗人们
才得以写下和风沙的粗砺相反的诗篇,
并且一律染就了
绿色的封面。

1983年5月2日　郑州

悬 铃 木

> 郑州,是绿化的模范。
>
> ——摘自手记

每两株悬铃木,
都手挽着手
在大街上散步。
(当你的车子疾驰而过,
它们简直就在跳舞!)
亲热,深沉而有气度,
一对对,如同
准备进入市委礼堂庆祝银婚①的夫妇。
它们微笑着,
弯下腰来向行人祝福:
愿有情人皆成眷属!
爱吧,但绝不要像电影镜头一般
那么廉价并且恶俗;
风风雨雨,也许会损伤肌肤,
不要怕!一切将很快复苏,
只要牢牢地扎根于泥土……

1983年5月3日　郑州

---

① 结婚三十周年称作"银婚"。

将 军 柏

　　登封嵩阳书院内,有两棵举世罕见的巨柏,一腰围三丈余,另一腰围五丈五,相传汉武帝曾赐封为"大将军""二将军"。

一棵号称将军柏,
又一棵也号称将军柏,
一棵被历史拖累得倾斜,
又一棵为历史拥塞得炸裂。

掐指算一算岁月,
高寿两千一百。
你们伟岸的存在,
就是摩天的中岳。

那吞吐风云的刘彻,
已龟缩进茂陵安歇;
留下欲滴的苍翠,
细说凋敝的功业……

1983 年 5 月 4 日　郑州

少林寺脚印

神秘的千年古刹少林,
有件东西最叫人动心——
脚印,砖面上练功者的脚印,
岁月蹬出了一个个深坑。

忽然我看见了雾中的伦敦,
那儿曾经住过一位侨民,
他的大胡子实在可亲,
三岁的孩童也敢直呼其名。

图书馆,面包干,笔记本,
两种咀嚼在同时进行;
只有水泥地板知道,
他,留下了刻骨的感情……

一面笼罩着禅院的寂静,
一面呼啸着世界的风云;
对于棍僧们只能有惊讶,
献给革命家必须是虔敬。

下坡杨和暖气片

郑州市郊下坡杨大队,有一个目光远大的党支部。十年动乱中,他们挺身而出,延揽并保护了一批知识分子专家,发展起暖气片制造工业,坚持质量第一,如今产品已闻名全国。

太阳照着红砖青瓦的两层楼村庄,
和煦的春风涌进我的胸中鼓荡;
我一页页地抚摸了你们的产品,
我一束束地抚摸了你们的目光。

昨天这儿还是一片赤裸裸的荒凉;
下坡——这个名字简直教人绝望;
忽然间你们不声不响地起飞了,
是谁替你们插上了矫健的翅膀?

八亿农民是八亿块暖气片,
土地有热力空气就暖洋洋;
翱翔的经验不能靠诗来总结,
我的任务是逢人便把你大声歌唱!

1983 年 5 月　合肥

"我哥——回!"
——为《文汇报》作

　　秭归传说:西陵峡有鸟名"我哥回",人们认为她是屈原的幺妹所变。

幽幽的西陵峡,
有一只小鸟奋飞,
长长的西陵峡,
有一只小鸟悲啼。

小鸟啊小鸟,
谁打扮得你这样美丽?
小鸟啊小鸟,
你失掉了谁如此孤凄?

披一身金翠的羽衣,
莫非柑橘插上了双翼?
翕动着殷红的小嘴,
仿佛火焰燃烧着血滴!

唱一支执拗的歌曲:
"我哥——回! 我哥——回!"
天地也为之低昂啊,

这令人战栗的旋律!

你不累?你不停地飞,
你不累?你不住地啼,
小鸟啊你哥哥他到底是谁?
两千年了,西陵峡偏默默无语。

小鸟啊我愿帮你呼喊,
小鸟啊我愿伴你寻觅!
"我哥——回!我哥——回!"
两千年了,西陵峡竟酬声如雷……

1983年5月26日　合肥

关于诺贝尔奖金

一

外地人
  逛北京,
    总要先游览名胜,
首都,是磨刀石吗?
  每一双脚
    都磨出了锋刃;
纵横的柏油马路
  全把漆眉皱紧,
    打量着他们:
呔!好一支饕餮的
  喧哗的
    快乐的大军!
我,乡巴佬中的一员,
  煞像一滴水
    汇入滚滚黄河,
但不同于黄河的是,
  我们
    兼有潮汐的秉性;
为了保证
  按时起床和不误日程,

　　　　一直校对到秒针,
——香山,
　　——颐和园,
　　　——八达岭,
——北海,
　　——清故宫,
　　　——明十三陵……
攥一大把门票,
　　卷一大摞说明书,
　　　捧一大堆纪念品,
然后,还绝不忘履行公民的义务——
　　回笼货币,
　　　消费商品,
我们伴随着
　　大汗淋漓的"工农兵"①
　　　直奔王府井!
路上顺便瞅一眼
　　十七层大楼,
　　　原来貌不惊人,
没关系!
　　它不过是现代化史前期的
　　　积木式象征,
到了二〇〇〇,
　　高耸的楼群

---

① 指面额十元的人民币。

　　　　肯定锥破白云。

<h2 style="text-align:center">二</h2>

不！不！
　　　我要讲的
　　　　　　完全不是这档子事情，
竖起耳朵来吧，
　　　把它凑近
　　　　　　我的发抖的嘴唇，
我将悄悄透露
　　　一个绝对秘密，
　　　　　　一桩特大奇闻，
关于这，
　　　无论在什么导游图上
　　　　　　都不曾标明——
我亲眼看见的
　　　一位隐身人
　　　　　　站在闹市中心放蜂群；
当然，
　　　帐篷，以及所有的蜂箱
　　　　　　一律飘若幻影，
只有心的雷达
　　　才能把它的方位
　　　　　　准确测定：
就在这繁华的大街南口，
　　　东头，

　　　　　事实上并不难寻。
在那儿，
银发的和鸦鬓的工蜂们
　　　正在嗡嗡嘤嘤，
啊,橱柜里，
　　　货架上，
　　　　　果然百花缤纷，
文化托拉斯！
　　　智力辛迪加！
　　　　　精神康采恩！
社会主义的
　　　新华书店
　　　　　此刻大开店门，
进去吧！
　　　快进去吧，
　　　　　不妨也插翅飞行！

　　　　三

瞧！多少可爱的傻瓜！
　　一个个
　　　　竟抱住书本谈情，
你甚至可以听到
　　　这儿那儿
　　　　响起了柏拉图式的接吻！
好运气！
　　眼下

　　　　　真的碰上了一对真的情人：
一个小伙子
　　　像骑士一般
　　　　　保护着……他的贵宾，
"你读过没有？
　　　那鹅黄色封面的
　　　　　薄薄的一本？"
听话的对方，
　　　美啊，仙女似的
　　　　　娉娉婷婷，
（完全不必钻研《时装》杂志，
　　　凭本色
　　　　　就能征服异性！）
"倍儿棒！"
　　　骑士咂咂有声：
　　　　　"得过诺贝尔奖金！"
"写的什么？"
　　　女孩子
　　　　　显然已动芳心，
这一下
　　　小伙子
　　　　　更加大献殷勤：
"读了三遍！
　　　描写一只甲虫，啊不！
　　　　　那只甲虫他是人……"
"啊？什么？

人变了虫子？
　　　荒唐透顶！"
"那可叫作现代主义，
　　非理性，
　　　　反正我也扯不清。
据说，那作者
　　死了以后
　　　　可出了大名……"
"稀罕！
　　果戈里的鼻子还坐马车哩，
　　　　难道不够邪门！
不过，我倒同意
　　评论家的分析：
　　　　那是现实的典型！"
仙女反驳着，
　　把其余没有说出来的
　　　　统通交给了眼神。
小伙子连连称诺，
　　一半快乐
　　　　一半扫兴。
这时，姑娘挑选着中国小说
　　示威般地
　　　　要了三本，
小伙子
　　赶忙掏钱
　　　　还飞了一眼书名，

丢下一声嘟囔：

"可惜！

诺贝尔先生认不得中文！"

四

小伙子，当心！

我劝你别玩火，

别进行挑衅，

第一，为了你们

瓷器一样娇嫩的

爱情；

第二，同时也为了

避免偏激

而立论公允。

你知道吗？

那位发明烈性炸药的工程师

遗嘱写得分明：

他决定奖励的是

"写出有理想倾向的

最优秀的作品。"

卡夫卡有理想吗？

尽管他是

一架高度精密的 X 光镜，

他照见了

现代资本主义社会的

全部孤独、恐惧、沮丧和苦闷，

然而，下一步
　　该怎么走？
　　　　他无可奉告，他迷惘，他消沉。
我们承认，
　　这项荣誉
　　　　具有传统赋予的权威性，
然而是否也该考虑
　　它在具体实践中奉行的
　　　　哲学标准？
更何况
　　百分之九十以上的获奖者
　　　　都是碧眼儿子孙！
难道，
　　有色人种全缺少一根
　　　　形象思维的神经？
这里，
　　有没有
　　　　文化偏见的烙印？
这里，
　　是不是
　　　　以西方的立足点为中心？
不错，如果确实优秀
　　我会投上一票：
　　　　赞成。
问题在于
　　切莫只见别人的琉璃，

　　　　不见自家的水晶!
从古到今,
　　中国,有多少
　　　　特殊结构的心灵?
他们的
　　不朽诗文
　　　　正是他们的墓志铭。
伟大二字
　　不是股票,不是商标,
　　　　不是可以扪触的黄金!
朋友,
　　我们可以对他们鞠躬致敬,
　　　　但千万不能跪落埃尘!
无论什么神祇(土特产,或者舶来品)
　　中国
　　　　都不迷信。
假设我是你的对象,
　　我一定
　　　　首先敲敲你的膝关节是否坚韧?
请原谅,我的唐突
　　我的失礼,
　　　　我干预了……不过,毕竟,
这是一个原则问题,
　　算不得北京这二位
　　　　青年人的内政。

　　　　　　1983年7月1日—7月17日　合肥

旅　顺　口

每一步都是血泪，
每一步都是掠夺，
每一步都是坎坷。

羞耻追逐着我，
我的心,是一只
被驱赶的鸟雀。

我得马上离开这些石头的炮台，
石头的碑碣，
石头的罪恶。

到什么地方去呀？
去垒一个平安的窝，
像孵蛋一般,孵育我的怒火。

终于找到了北海之神了，
我攀上了他抽的大雪茄——
铁灰色的可爱的船舶。

它们是可爱的，
由于那庄严的缄默，

缄默得如同引爆之前的炸药。

暂时,我们在港湾停泊,
而为了报复昨天,
我们将随时潜入水底发射!

不妨把死去的骄傲
平分给两个卑鄙的死者,
然而活着的光荣,
必须属于活着的中国!

       1983年8月12日 黑石礁

黑 石 礁

多么庞大的家族！
扶老携幼，
肃立于滩涂，
静穆地，眼神
带一点冷嘲，
带一点严酷。

前方跳跃着的是海妖吗？
威吓地翻吐白沫，
同时也将咒语散布；
但一切终归徒劳，
既无损于你的骨骼，
也无损于渗入骨骼的色素……

我知道，你是不可动摇的，
包括岸然的姿态，
包括无声的控诉；
你教会了世界，
反抗暴力的唯一办法：
不——屈——服！

1983 年 8 月 14 日　大连黑石礁

啤 酒 花

铁盖子一拔，
泡沫喧哗，
像一群放学的顽童，
拥到教室外边玩耍。

斟上一大杯，
一口口慢咽细呷，
甘冽、芬芳、淡雅，
还有不可缺少的辛辣……

每当我开怀畅饮，
我定将会想起她——
寒伧的沙田和棚架，
谦逊地捧着淡绿的小花！

1983 年 9 月 3 日　石河子

破 镜 子
——参观一二二团托儿所

这里的一切都异常朴素,
也许竟到了简陋的地步;
孩子们全都被接回去了,
迎接我们的是一座空屋。

大墙上嵌着破镜一方,
然而擦拭得十分明亮;
你若鄙夷地瞧它一眼,
它立刻说你心灵肮脏。

这才是生产建设兵团的样子!
培养战士一定要自幼年开始;
勤劳、节俭,同时又整洁开朗,
——镜子虽破,却藏着完整的启示。

1983年9月4日　石河子

咏马踏飞燕

　　马踏飞燕,系甘肃武威雷公台出土的文物珍品,造型特异,气魄非凡,撩人遐思。

沉沉的一坨青铜,
锈斑也如此古苍,
虎虎的一匹骏马,
火焰竟这般辉煌。

一只蹄子司雷鸣,
一只蹄子司电光,
一只蹄子将风雨召唤,
一只蹄子将云彩酝酿。

交织起奔腾的四蹄,
天上的庄严合唱;
踏住了轻盈的燕子,
人间的大胆奇想。

出土的岂仅是一匹天马?
还有被遗弃了的梦乡——
只要我们和它一道起飞,
前程便立刻充满希望!

　　　　　　　　　　1983年9月22日　合肥

下野地的舞台

当心儿歌唱和舞蹈的时候,不需要选择剧场。
——手记

没有丝绒大幕,
也没有红氍毹,
没有宽敞的舞池,
没有华丽的服饰。

脚下是刚刚驯化的沙漠,
周围是二十岁的杨、榆,
不知名的演员,
第一流的技艺!

我进过多少剧场,
剧场却并未走进我的记忆;
——除去这一回,
忘不了彼此火热的呼吸!

1983年11月4日　合肥

大田中的沙包

留下这座沙包,
留下这段自豪;
在满眼的绿荫中,
它不过是往日的孤岛。

留下这座沙包,
留下这段烦恼;
在欢乐的笑声中,
它依旧是刺耳的喧嚣。

留下这座沙包,
留下这段警报;
在静夜的酣梦中,
它永远是蜇人的鸱枭。

1983 年 11 月 5 日　合肥

狂风……碾压着一株向日葵

狂风撒着砂粒,
滚过了大戈壁,
粗暴地
碾压着一株
干燥的向日葵。

对,它是干燥的,
干燥得
挤不出半滴眼泪。

它的影子是它的伴侣,
它的伴侣是它的勇气。

我多么想知道,
当年
偶然在这儿遗落一颗种子的是谁?
后来
又去了哪里?

这人必定还活着,
在这片大漠的
叫不出名字的角落里,

顽强地劳动着,
满怀希望地耕耘着,
哼着自编的小曲……
很悲壮,也很孤寂,
就像这株向日葵,
就像世上所有的
大大小小的
奇迹。

向日葵!
请接受
一个痴情的诗人
向你敬礼!

1983 年 12 月 10 日　合肥

赠二位哈萨克少年歌手

请记住这一座小楼,
请记住这一天薄暮。

请记住哈萨克辽阔的草海,
请记住草海幽冥的深处。

请记住感情的潜水者,
请记住肺腑的珍珠:

  当你降生的日子,
  歌声为你打开世界的门户。

  当你死亡的时候,
  歌声伴你进入坟墓。

而你们,库尔班·江和巴赫拉·江,
才不过行进在生命辉煌的中途。

不!我应该严格地说,
是刚刚打点行装上路。

颀长的冬不拉像什么?

草海上必备的桨橹。

浑厚的嗓音像什么？
草叶上凝重的甘露。

歌声里有暴风雪,有搏斗,
也有爱情和月光下的帐幕。

歌声里有酥油灯,有温暖,
也有流浪和失了群的幼畜。

从你们悠悠摇晃的身子,
我认识了马背上的民族。

从你们闪闪挑泪的睫毛,
我理解了奔波中的幸福。

我记住了感情的潜水者,
我记住了肺腑的珍珠。

我记住了哈萨克辽阔的草海,
我记住了草海幽冥的深处。

我记住了这一座小楼,
我记住了这一天薄暮。

1983 年 12 月 14 日　合肥

惠远城的四株大树

> 苟利国家生死以,
> 岂因祸福避趋之。
>
> ——[清]林则徐

惠远城。将军府。
一片平芜。
可记得
这儿流放过
默默无言的
囚徒?
……愚蠢的朔风跑来,
打断他的吟哦,
凌辱他的肌肤;
别跟瞎了眼的老天计较吧,
谁也不清楚,
他,原来是
赫赫有名的
两广总督——
把守虎门口的
一头猛虎!

全中国的宵小之辈,

全中国的势利之徒,

(他们是永远也不会绝种的!)

像龙袍上的虱子——

一个受到嬖幸的

望族,

他们,

向皇帝哭诉:

林则徐,烧的不是烟毒,

而是大清朝的升平歌舞……

于是,发生了这样的事故:

海盗狂笑,

百姓大哭。

后来,他老了,

后来,他打阳关踏上了归途;

临别的日子,

他对这一方的土地神谆谆嘱咐:

拜托了,请保护

一个迁客的遗物!

百年风雨过处,

而今我来细数,

当时幼苗四枝,

已然槲树四株!

火,不敢烧,

虫,不敢蛀,

刀斧,不敢屠戮,
忧国肺腑
都能领悟:
东、西、南、北,
一方需要一根
擎天柱!

        1983年12月18日 合肥

夜宿果子沟

天擦黑,
车子才进果子沟,
我们住定下来,
已是掌灯时候。

推开窗子,
为何暗香盈袖?
似蜜,
却不黏不稠;
似酒,
却不湿不流。

探头望——
星星,
没有;
月亮,
也没有;
偌大一片影子,
漆涂墨泼,
谁个能猜透?

只听得——

这儿，
"扑楚"，
那儿，
也"扑楚"；
什么人好兴致，
黑灯瞎火，
草地里玩球？

清风
甩下布帘，
转身
就往外跳，
忽而又从远处什么角落钻回来，
抱住我耳语悄悄：
不告诉你，我找到了！
不告诉你，我找到了！
又大，又圆，
又红，又甜，
又香，又脆。
什么名字？
你快叫！快叫！
我没有接风的话茬，
只暗自好笑。

1983年12月23日　合肥

赛里木情思

一

老也走不完
只有苦水井的
令口舌和灵魂都焦渴的
驿站……
如今,我跪倒在
赛里木湖畔,
(啊,想必是
西王母
将她的宝镜
藏在了深山。)
望一眼
这阳光下跳跃的
浩渺、纯净和蔚蓝,
我的心
一下子
变成了百分之百清醒的
醉汉。

多么活泼!
多么新鲜!

透明似空气！
芬芳赛果园！
我晾开肺叶
吮吸着
胡大①恩赐的
甘冽和温暖……

二

那是谁？
恣意舞蹈在云端！
高贵、优雅、矫健，
风度翩翩！
几曾见
这样成群结队
上门求婚的新郎官！
不过，假如我有翅膀，
我也一定冲上青天！
要求报名，
参加它们
自信的
快乐的
必胜的
伙团……

---

① 胡大，伊斯兰教的上帝。

三

赛里木啊,
你不必躲闪!
你不认识我——
大自然的一名侦察员,
我早已破译了
你用光波密码传递的
呼唤,
悠长、执着、缠绵;
我知道,
它直接发自
你巨大的胸腔与幽深的心坎!
现在,请你帮我拉抻电讯纪录笺,
听我念,
我保证
不错半个标点。
  降落吧,
  亲爱的!
  昼思夜盼
  七千万年!①
  苦后甜。

北京来的科学家

---

① 赛里木湖形成于七千万年以前的一次造山运动。由于四周封闭,一直没有鱼类。

惊诧我的美艳,
悲叹我的贫寒,
他们说:岂用打扮!
专心为我,备下了
一份丰厚的妆奁,
任姑爷挑,
任女婿选;
看吧,这赤金般
　　白银般
　　珍珠般
　　玛瑙般的
　　多少鳞片!

感谢共产党!
最了解赛里木的私愿,
亲自撮合了
这一段
该了未了的姻缘;
　　没有水鸟的湖泊,
　　该多么孤单!怨烦!

四

赛里木的激动
终于渐渐平缓,
却又频频催我
快将喜歌奉献;

我左思右想,考虑再三,
觉得与其现编,
不如借用
维吾尔的一句名言:
为了爱情,
巴格达不嫌远!
当然,必须加上一条注解:
巴格达意味着恒心!
巴格达意味着大胆!
巴格达意味着
现实能够超越梦幻!

        1983 年 12 月 28 日 合肥

唐三彩陶俑

好一派盛唐气象,雍容华贵,
红、绿、白三彩,交融生辉;
为什么大梦沉沉一睡千载?
是谁创造了美又是谁活埋了美?

我仿佛看见了鲜血淋漓,
我仿佛看见了磷火幽微,
我仿佛看见了骸骨累累,
死了,还硬拖住历史殉葬作陪!

如今阳光为你擦洗污秽,
清风也赶来输送些活气,
于是人们指着玻璃橱窗喟叹:
暴力和私欲能谋杀智慧!

1984 年 1 月　合肥

我们帮春天回忆

春天,你莫要着急,
我们会前去救你;
残冰烂泥逞什么威风,
看我们打破它的重围。

春天,你不必唏嘘,
我们帮你来回忆——
回忆去年桃花的笑靥,
回忆去年柳叶的弯眉。

春天,你想必满意,
你的新郎是大地;
他备足了三倍的籽种,
三倍的繁荣和美丽。

春天,你该当欢喜,
作一次母亲的哺育,
让一切嘴唇都呷着乳汁,
让一切生命都获得呼吸!

1984 年 1 月 15 日　合肥

春天进行曲

一月的风
是上了刺刀的风,
一阵一阵
对准我轮番冲锋;
我的心鼓励我:
要挺住!
要经得起这等待的苦痛!

三月的雨
是拌了糖饴的雨,
一滴一滴
全渗进我的肌体;
我的心告诫我:
要清醒!
要保守好这香甜的秘密!

五月的阳光
是比情人更温煦的阳光,
一股一股
直往我周身流淌;
我的心命令我:
要报答!

要让诗歌像鸽子般飞翔!

1984年1月17日　合肥

向春天致敬

请把我的敬礼
带给那春天,
春天上前线,
我也上前线。

请把我的问候
捎给那春天,
春天在苦战,
我也在苦战。

请把我的火药
匀给那春天,
春天要子弹,
我也要子弹。

请把我的喜报
传给那春天,
春天挂金匾,
我也挂金匾。

……请把我的血衣
交给那春天,

我没有花儿贡献,

权把我当花儿怀念。

1984 年 1 月 19 日　合肥

最后一个冬夜

窗外大雪下得正紧,
风在烟囱中呻吟;
可怜枕衾如此单薄,
难道睡乡不该温馨?

我决定现在上路动身,
悄悄楔入你的梦境;
倘若你感到有双大手抚拍,
别怕!那是春神降临。

1984 年 1 月 22 日　合肥

(为湖南人民出版社 1984 年《新诗日历》而作)

拜 访

1

应该
把这儿渠水的歌声
和内地的区别开,
它也在讲维吾尔语吗?
奇怪!
又像一只热情的手臂
为我们指点
门牌。

2

……曲巷深处,终于
找见了你的住宅。

嘿,这么一大群远客,
胡大啊,
给人带来了
多少欢乐的意外!

3

进门一架葡萄,

熟了,等待着采摘,
就像那明天出嫁的姑娘,
在最后一次少女的梳妆中
将又粗又长又亮的辫子
款款摇摆——
既惆怅惜别,
又急切难耐。
当然,我也不曾忽略了
那躲在院子角落的
几株谦逊的无花果,
早早暗结珠胎。

4

"哎……哎……"
温文尔雅的男主人
搓着大手,一迭声地
将惊喜表白,
此刻,你的不熟练的
汉话,
反而更加准确,
更加可爱!

你的好客的妻子,
双眉施黛,
殷勤招呼我们,
往红氍毹上盘坐成排,

然后便像变戏法似的
端来了馍、奶茶和糖块，
一遍又一遍的施礼，
一碗又一碗的斟筛。

5

第一位发言的是
涂成蔚蓝的墙壁——
以它特殊的口才；
它多像一角青天啊，
没有半丝云彩，
从外形到内心都如此明朗，
看着就叫人愉快！
那一方方的挂毯
全织满了人的舒展的笑颜，
全织满了马的腾跳的动态；
无数锃亮的银盘银碟，
无数纤尘不染的大小皮包、各色布袋，
像神话中的飞天
一律翩翩起舞于九陔！
啊，这就是一户普通的人家
和它所反射的
一个不普通的时代！

6

交谈从光景开始，

光景实在不赖!
接着又谈天气,
天气儿,
有那么一点儿坏,
不过,没关系,
俗话说,敢闯风雪的汉子不怕阴霾!
扯起了前不久的全运会摔跤比赛,
新疆的小伙子!
亚克西!
帅!
还用得着提团结问题吗?
相互都听清了心音的澎湃!

我们告辞了,
笑约明年来;
主人呵呵大笑,
拍一拍彼此的胸怀:
一言为定!库尔邦节!懂不懂?
咱们一道开——斋!

7

离开了温暖的小院,
西天已生暮霭,
我们发觉:门口站着一位老奶奶,
带着一个小男孩,
小小的花帽,

小小的皮鞋,

小小的裕袢,

小小的腰带,

小孩盯住我们淘气地微笑,

仿佛在说:我们是谁?你们猜!

他手中拿着一只小纸船,

我,却立刻想到了海,大海,

有一种比大海还大一百倍的海。

        1984年1月24日 合肥

莫 合 烟
——写给司机阿巴克·西木西同志

一小撮,
只要一小撮,
不管它
是淡青色的、
是暗褐色的、
是金黄色的
梗子,
或者碎末,
也不管它
是农家自制品,
还是巴扎上论公斤出售的大路货,
一小撮,
只要一小撮。

你左手握住方向盘,
(全车人的生命之舵!)
右手
往裤兜上那么悠悠地一搓,
像变戏法似的,
一根"老羊腿"
已经对了火,

哎,多么灵巧!
多么利索!

纸烟,哪怕带过滤嘴儿,
你摸都不摸,
——抽那玩意儿,
太不够气魄!
在这个需要辛辣的世界上,
维吾尔的男子汉
只认得烟草中的男子汉——
莫合!

表面上它古板,
实际上它活泼;
表面上它阴沉,
实际上它火热。
莫合烟和它的主人
共着一副性格。

看一看你的神气吧,
猛吸上两口,
上下眼皮子
淘气地一合;
当你的眼睛眯缝起来的时刻,
立刻有温柔的光芒
闪耀,

谁敢说，
那动人的风貌
仅仅属于
穿裙子的老婆?！

越过瘾，
抽得越多，
掏出三个烟荷包，
准能打倒
外带小鬼儿的恶魔——
小鬼儿的名字叫寂寞，
恶魔的名字叫沙漠。

1984年1月25日　合肥

军人种下的西瓜
——赞下野地驰名全球的特产"炮台红"

炮台红!
火药味儿多浓!
军人种下的西瓜
名字
就产生辐射波式的
震动。

这名字又如此动心,
你不得不想起
许多事情——
想起翻飞的旗帜,
想起关山飞渡之后的
拿起砍土镘的
又一种进军。

然而它却这样甜,
甜得就像
军人的爱情。
咬咬牙
又了无踪影,
仿佛

军人对待艰辛……

毕竟是崭新的炮弹呀,
众多的炮手们
正在紧张地装填;
向四面八方发射出去吧,
要炸出
一片笑颜!
一片惊叹!

1984 年 12 月 6 日　合肥

霍尔果斯国门

我到过许多庄严的国门,
我见过各路带枪的
门神,
正东、正南、西南……
今天,
又来到了霍尔果斯,
这大西北的
咽喉重镇。

登上瞭望塔顶,
向坚守岗位的
战士,
向摊开在小桌上的
《观察日志》
致敬!

我,接过递来的
望远镜,
看了看对面的铁丝网
以及藏有无数炮口的丛林;
因为恶心,
我闭了一会儿

眼睛。

咦！CCCP①！
您，
和这一切
是多么的不相称！

我们曾经
把那边叫作全世界无产者的
祖国，
我们
总是注视着您，一笑一颦，
带着
无限的信赖和温存；
困难的日子
我们用默默呼唤
代替呻吟，
胜利的时刻，我们
记下您一半的功勋。
后来，
后来，
后来发生了什么事情？！
——痛心！

---

① CCCP：苏维埃社会主义共和国联盟，简称苏联。

我们
是有耐心的中国人，
正如同我们有
血性。
这一点，
毫无疑问，
全世界都公认。
我们可以等待，等待，
等待揭转这感情复杂的一页，
这一页下面是：
重新——
天空明朗，视野开阔，景物单纯，
那时候，
（我相信！）
这儿当再一次辟成
连接两颗伟大心脏的
捷径！

1984年1月29日　合肥

古尔班通古特的地窝子

像一匹长途跋涉的
骆驼,
蹒跚,蹒跚,
沿着
古尔班通古特沙漠的
南缘,
我要寻访
那个小小的地窝子——
一束被幽禁的琴弦,
在那儿
喑哑了十五年。

枉然!
人们善意地嘲笑我:
它早已扒平填满,
盖上了广厦千间!
啊,那么,
这里边
可有北京丰收胡同21号的小院?
历史
又洗过了他的牌了,
仁慈和公正

终于换下了
残酷和迷乱……

对!
应该把那个地窝子
夯实,埋严,
应该让岁月的炉灶
把那段痛苦和耻辱
烧成灰,化作烟,
谁还敢
将这些新建的高楼
炸成碎片?
缪斯女神
一定会当众宣判:
绞死他!
丧尽天良的
杀人犯!

1984 年 1 月 30 日　合肥

乡　音

任何一个
东西南北人，
来到这里，哪怕在拥挤的
市场中心，
都绝对找不见
他的乡音。
哦，城市
太年轻！
请注意那张稚嫩的嘴唇，
请注意那个不稳定的口型，
诞生才四分之一世纪的楼房，
住满了
平均二十五岁的公民！

您能分辨出来吗？
比如，我
原先喝过哪条河的水，
在哪片泥土中打过滚？
陕北？
湖南？
上海？
重庆？

语言学家

只能做出这样的鉴定——

石河子话,

离北京最近。

(无需考证,她和北京

是共着一个血统的嫡亲。)

        1984年2月4日　合肥

天　山

从飞机上俯瞰，
天山，
你像长长的烛台一串。
燃烧着
白炽的火焰；
（我想，这是否象征
一种思念？
——把死去亿万载的大洋
默默祭奠！）

待到降落地面，
我再抬头观看，
你却又威严地戴起了
通体发光的冰冠。
（你什么时候登的基？
统治着
大漠落日，长空孤雁，
以及，古河床上的新月一弯？）

才相识，
我便与你谈判，
彼此约定了

将各自的轨迹
画作两道平行线；
我在北，
你在南，
白天——
携手作伴，
黑夜——
抵足而眠，
你想过没有？
我对你的强烈的情感
也许就这样
能直到再一次的海枯石烂……

遥想李白当年，
也曾浩歌击剑；
明月出天山，
苍茫云海间……
我不相信
他咏叹的竟是祁连！
须知，小城碎叶
还挂着一只不朽的
诗的摇篮。
如今我来边关，
人间沧桑巨变，
唯独啊，天山
你仿佛未改容颜！

假如李白再世,
他一定会绝倒惊叹,
然而,我要说他错了,
也难怪,
昏花老眼,
怎能分辨,
白皑皑的冰雪莽原
也有那么一点酡红渲染,
那是他不认识的我们哨卡的旗帜,
翻飞在帕米尔峰巅!

1984年2月4日　合肥

伊犁河谷

诗歌
有没有一座总仓库?
我说:有!
不信,就请跟我去到——
伊犁河谷。

冷峻的山!
(萧萧白发覆盖着亿万年的颅骨!)
热情的湖!
(七彩光波流盼自处子般的眉目!)
宁静的牧场!
(你听得见自己的心音轰响如击鼓!)
骚动的林木!
(你辨不清哪一片树叶上有风相逐!)
还有用铃铛押韵的
转场的牲畜!
还有散发着炊烟的抒情味儿的
马背上的帐幕!
还有那摇晃的身躯!
还有那含笑的面部!
还有冬不拉!
还有热瓦甫!

还有天鹅,夜莺!
还有啄木鸟,山鹧鸪!
还有不知何处冒出来的飞瀑,
激烈而又短促!
还有用剥了皮的圆木钉成的别墅,
令人缅怀远古!
还有布满整道长廊般的山沟的百十种果树——
如今正验收昨天的花菁荚,
同时又预算明日的花菁荚!

这是大自然的杰作!
这是消灭了遗憾的艺术!
山缺了,
有树来补,
树缺了,
有云来补,
云缺了,
有鸟来补,
反正,且往前走吧,
始终是一幅
精心绘制的天堂行乐图!
多么神奇哟,
夜半时分,
那么多星星一齐举起蜡烛,
竟烧不破这幽蓝的帷幄!

请听我悄悄对你告诉,
我发现了——
诗,在这儿
换上了全副的猎人装束,
你瞧,她多么狡猾又多么忙碌,
处处设下埋伏:
诗的陷阱,
诗的网罗,
诗的囚笼,
诗的机弩,
紧紧地将我追捕,
我想躲也没处躲呀,
只得
乖乖地被她拿住。

然而,且慢!
到底谁是真正的猎物?
这个问题,暂且,也许永远
搞不清楚。
我想,就算被活捉的是我吧,
我也心满意足!
天底下,有哪个傻瓜
不愿做爱的俘虏?!
何况,这段桃色故事发生在
如此美丽、如此美妙、如此美满的
独一无二的

伊犁河谷……

1984年2月12日 合肥

伊犁河! 为什么你向西流?

　　站在伊犁河大桥上,想起了1860年以后的种种事端,思绪纷纭,莫可名状。

我来到伊犁河大桥上,
桥下不是流水,
而是眼泪汪汪。
这儿不是灞陵,
却比灞陵多一万倍的惆怅。
众水向东你独西啊,
每片波光,
都是一截
诀别的断肠!
唉,伊犁河!
为什么你向西流?
为什么你转了向?

无端我想起了
一位诗人的篇章,
他把那再也望不见了的
巴尔喀什湖
比作一座毡房。
毡房如今怎么样?

诗人
没有往下讲。

一八六〇年啊,
最难忘!
从那个时候起,
这条像地球一样古老的河
被迫开始了
开始了无家的流浪……
两岸——
熟稔的草场,
熟稔的山岗,
熟稔的面庞,
熟稔的歌唱,
乱纷纷呀,
拼成了七巧板——
美丽的梦乡!

毡房里的老娘!
您活得可硬朗?
看门的大黄狗!
是否还记得伊犁河儿时的模样?
亲爱的毡房啊,
正是流浪儿的爱情,
正是流浪儿的希望,
朝着您流淌,流淌,流淌……

而真正的团聚在明天!
明天,刀剑熔进了犁杖,
明天,万国汇合成宗邦,
所有的人打开所有的门窗;
门前窗下摆着鲜花,而花旁,
有所有人共饮的水,
有所有人分享的馍……
喉咙里
再也不会卡着铁丝网!

      1984 年 2 月 13 日 合肥

关于塔松

我知道,
由于缺乏爱泉,
这巨人似的沙漠
才显得如此憔悴、枯干。
那么,塔松,
你可是它蘸着绿墨水写的情书?
这儿一束,
那儿一卷,
密密麻麻
插满了山巅。

我相信,
似这般情意缱绻,
一定
能打动那位骄傲的冷美人——冰川。

然后,有情人
终成亲眷,
繁衍出无数绿色的林带,
无数绿色的大田,
无数绿色的渠道,
无数绿色的笛管,

无数绿色的小夜曲，

无数绿色的梦幻……

      1984 年 2 月 15 日 合肥

谒阿合买提江墓

阿合买提江·卡斯米,已故的维吾尔人民英雄,早在二十世纪四十年代初期,他就领导了震惊中外的新疆三区革命。1949年8月27日,中华人民共和国正式建立前夜,他又亲率代表团一行五人,假道苏联赴北平参加第一次中国人民政治协商会议,因飞机失事,代表团全体遇难。他和他的战友们的陵墓,建于伊宁市人民公园内。

伊斯兰教吗?
我不信奉,
我,更不是
汉族的阿訇,
我不过是一名歌手,
在祖国大地上,
到处有我的浪迹萍踪;
忽南忽北
忽西忽东,
像一股
不疲倦的风。
此刻,我吹到了伊犁,
行色倥偬。
转瞬又将离去,
原谅我吧,我生性

就不知道什么叫作从容。

然而我必须提出一个要求,
尽管它不包含在
主人安排的日程之中。
——我要去到阿合买提江的陵墓,
向他鞠躬,深深地
三鞠躬。
我要去抚摸一下,亲吻一下,
维吾尔的好儿子,
中国的英雄。

答应我吧,领我去吧,
这,可是一个保藏了四十年的
完整如初的
冲动!

真遗憾!
我不是穆特里夫①,
要不,当年我一定偷渡玛纳斯河,
去将您依从;
我会站在您的红旗下面
跟随您陷阵冲锋!

---

① 穆特里夫,已故的维吾尔族爱国诗人,参加过三区革命,蹲过反动头目盛世才的监狱。解放后,人民文学出版社曾经印行过他的诗集。

并且,
那只不拿枪的手
会紧紧抱着热瓦甫,
将您,阿合买提江,忘情赞颂!

　　　　　　　　　　1984年2月20日　合肥

大西北,一个即将成熟的神话

序　诗

迎着西北方,
我,敞开着心的窗户,
我的灵魂,常常打这儿飞出去
优游漫步,
一如在自家颓败了的花园
徘徊踯躅。
哦,看不厌的奇异的国土!
我多么喜爱
抚摸您笼盖四野的
神话之树!

树上有多少神秘的果子啊,
每一瓣果肉,
都写满了
您的谆谆嘱咐。
我遵照您的指令吃了它,
我便立刻长生不老了,
气,百倍地壮,
力,百倍地足,
而且,心中充满幸福。

同时,根据您的意志,
我剜出来金蛋似的果核,
旋即种入苗圃;
还咬破中指,在地上
写下血书:
明天,当有大片果林
阔笑于此处!

第一个神话

请翻开
我们英雄的家谱,
一眼便能望见
那呼呼燃烧着的两个大字:夸——父,
是的,夸父,
我们,正属于这个——
憎恶黑暗、热爱光明的种族。

在那险峻的华山之巅,
人迹不到之处,
曾经有过他简陋的草屋,
就在这儿,他做了一个伟大的梦,
萌发了一个伟大的意图:
应该把太阳拴住!
不能让它滚进崦嵫山麓!
命令它不停地旋转那明晃晃的车辐!

要求它更高地悬起那暖烘烘的喷壶!
一日二十四小时,
分分秒秒不虚度!
唤起人们双倍的精力,
终日为创造而倾注!
这可等于是延长了寿命呀,
两个白天只当一昼夜支付……

然而,不幸……发生了
人类的第一次失误:
正当我们的夸父
跑到了西部的西部,
忽然他口渴了,
嗓子眼竟被烈焰所掩堵;
实在难以忍受呀,
他不得不颓然四顾:
哪儿有,哪儿有
一沟潮润的河谷?

可惜呀! 太可惜!
眼看太阳就要被捕获,
却不得不放弃追逐,
遗憾呀! 真遗憾!
才不过剩下一箭之遥,
却不得不将脚步收束。

只见他猛吸一口,
渭水顷刻干枯,
又见他猛吸一口,
黄河出现泥渚,
可是他仍旧渴,渴,渴呀,
渴得烦躁,
渴得可恶!
他决定直奔北海,
趴下去美美地喝一个足;
等到明天这时候,
再把太阳挂上天柱。
但是,夸父终于没有去成北海,
猝然仆倒在中途,
他那斜倚着的手杖,
化作了邓林的碧桃株株……
那真的是碧桃吗?
不!那是遗嘱!

关于神话的科学

时间,水一般漫流,
乾坤在水中漂浮,
时间冲刷着先民挽结记事的绳索,
绳索光秃秃的毫无保护,
哀求时间,时间无动于衷,
再大的疙瘩也无法将时间滞阻;

时间又像一头比恐龙更凶恶万倍的野兽，
由于不间断的饥饿而暴怒，
由于欲壑难填而变得恶毒，
它急匆匆地向前猛扑，
一切地方的一切东西
在它眼中都不过是食物……

唯有神话例外，
没有形体，似雾非雾，
因此它在饕餮的时间面前幸存下来，
而且巧妙地随着时间的浪潮八方流布；

神话到处生根，
一如麦、稷、菽、黍；
神话有不朽的金身，
它不知道什么叫坟墓；
而且愈是白发飘飘愈有魅力，
它不是宗教，
但是不知不觉，我们都皈依了它，
成了它的狂热的信徒。
它身边还自备一把剪刀，
随时为历史裁剪衣服；
它打扮历史，
就像嫂子打扮出嫁的小姑……
然而，神话又煞像传说中的嘉木，
日长一寸，

夜缩七分,
它控制着生长的速度,
自我沉淀、聚合和凝固。

不能不满面羞惭地承认——
回忆洪荒远古,
人类不过是侏儒,
只能逆来顺受啊,
对于反复无常的自然,
对于它的乖张,对于它的凌辱,
尽管我们窘蹙,
尽管我们孤独,
尽管我们并不甘心当奴仆,
尽管我们暗中发誓要报复。

于是,穴居的侏儒
幻想自己是巨人:
要多能耐有多能耐,
要多魁梧有多魁梧。
幻想是一坛烈性的陈酒呢,
能教人于陶醉中得到满足,
可怜吗?
透露着一腔凄楚!
荒唐吗?
显示了一把傲骨!
穴居者坚信,的确坚信,

总有一天,

凭借神话赐予的灵感,

终能喝令自然降伏!

第二个神话

若干万年过去,

人类,终于孵出了

名字叫作国家的一只怪雏,

从这只蛋壳里,还同时爬出来

一位天子,

他,自命全权代表着他的父亲——天主。

谁算得清楚,到底多少代了?

才轮到姬满

统治古华夏大陆,

为什么是他而不是别人?

那完全是靠了血统的缘故——

姬满的赫赫有名的曾高祖,

曾经率领八百诸侯,

手擎戈矛或者锸锄,

起来造反了,一直打下殷都;

不过,姬满是天子,

他倒不那么热衷于动武,

也许因此后人送他一个尊号:穆。

这可有一点儿名不副实,

他既不静穆,

更不肃穆,

他只会背诵一句诗:
普天之下,
莫非王土;
他只爱盘算一件事——
怎样将马蹄抛撒将车辙展舒,
忽而东,
忽而西,
忽而南,
忽而北,
与生命同步!
让他不满百岁的阳寿
尽情享受那最赫煊最豪华最自在的游牧!
(帝王都把百姓当牛羊,
鸣鞭,乃是他们唯一的业务。)
穆天子的逸闻趣事可多啦,
简直能写一部专著!
其中最脍炙人口、最罗曼蒂克的
当推他与西王母的高峰会晤。

一百八十桌筵席,
动员了中原和西域的第一流庖厨,
什么样的山珍海味没有呀,
看一下菜单都是眼福!
龙的肝,
凤的舌,
驼的掌,

鹿的脯，

飞的鹄，

跑的兔，

爬的蟒，

游的鲈……

这位是风流皇帝，

那位是多情国母，

一男一女谈了些什么，

这需要查考秘录，

何况他俩的眼波

又不曾公开描述，

谁知道他俩当时的意识流，

流到了什么地步？！

不必揭露人家的私情了

我哪有这许多闲工夫！

抓住事情的本质和主流吧，

这方面绝不应该马虎；

本质和主流是——

他们各自代表了父系社会和母系氏族，

两种秩序，

两种制度，

但是他们彼此亲善、团结、互助；

假如没有一般高矮的座椅，

促膝而不剖腹，

谈什么干杯？

谈什么举箸？

大西北的品格

大西北是寥廓的，
而且荒芜，
她温驯至于几乎喂嚅，
她严峻至于过分冷酷，
没有笑声的世界，
连星星都因寂寞而愁苦。

大西北又是仁慈的，
她慷慨大度，
总是想到别人，
而置自家于不顾，
所以她派遣了两支活命的大军，
一支叫长江，解放南方，
一支叫黄河，夺取北路；
像两只胳膊
拥抱着我们整个的国土。
留给自己的，
只不过一些青苔、骆驼刺、酸枣、雪莲，
一些黄羊、牦牛、野马和沙狐！
看吧，一头是黄土塬、沟壑、信天游和窑洞，
一头是戈壁滩、沙漠、花儿和帐幕！
低处的干河床、盐滩、人、牲畜都在扬幡祈雨，
而高处的冰雪却被魔法牢牢地禁锢！
或者咽带沙的干粮，

或者喝掺糠的糊糊!
衣衫褴褛的乡亲
用叹息当作打招呼,
而一句口头禅"没法子",
几乎成了一方的习俗!
白天,太阳总是半闭双目,
它觉得没有什么东西值得馨香遥祝,
入夜,月牙儿也冷眼斜睨
那飞天们翱翔的石窟……
这一堆古怪而荒谬的形象
便是昨日的画图。

不必啼哭!
社会没有停止运行,
社会——这个人与人的关系的天体,
毕竟也有自己的轨道和线路!
它根本不像地球,
茫茫广宇中一颗冷漠的星宿!
社会是热烈的,内在的,
像埋着木炭的火炉!
造山运动一直不停息地进行,
以它固有的威严而沉着的声势向上奔突,
你看,自从崛起了六盘,
(一杆直插天庭的大纛!)
西岳,贺兰,祁连,天山,
这一系列巍峨的纪念碑

统通因自惭形秽而就地匍匐,
西路军和共产党人的碧血,
也化作了一支支照彻灰色王国的红烛,
延安!你决非偶然
闯入了我们的历史教科书!

啊,新的大西北在辉煌中开始!
啊,旧的大西北在暗淡中结束!

第三个神话

就像一群青蛙当中
夹杂一只蟾蜍,
就像一窝鼹鼠当中
落下一只飞鼯,
在一群凡人的肉胎当中
出了一个伟丈夫,
那么,他就可以南面称孤,
不管起初是亭长甚至是戍卒!
他的境遇,
他的秉赋,
他的机运,
他的权术,
一切统治者成功的秘诀,
正在于把这些条件发挥得恰到好处!
诚然,他的胳膊,他的大腿
也不过是最小的普通复数,

同样是流有尽时的血,
同样是一割即碎的肉,
似乎没有半点特殊,
偏又非常非常特殊!
我现在要提到的这位刘彻先生,
可真是一个少有的人物!
想想吧,难道不
多半是因为有了他的缘故,
世上的碧眼儿
才管咱们敬畏地叫作汉族!

他有那么一点儿灵气,
他不同流俗;
他有那么一点儿野心,
一辈子只追求征服,征服,第三个还是征服!
怎么评说他的功过呢?
我理智上清楚!
我情感上糊涂!
反正他得到了一匹天马,
因此,我只好把他摆在神话中仔细追溯。
据说天马出自渥洼水中,
(想必,那是一个大湖。)
究竟是从浪里升腾而起,
还是在水边的草野上猎获,
负责撰写帝王本纪的史官,
笔下却很含糊。

这匹马又说是长着翅膀,
不分日夜能把关山飞渡,
到底有没有长翅膀的马,不必深究,
作为一种象征,
却是明白无误:
天马!汉武帝的天马哟,
你肯定是进攻型的一号种子选手,
坚铁塑,精钢铸!
天马!汉武帝的天马哟,
你应该继续驮起我们中华民族,
餐罡风,饮甘露!

并非神话的神话

我们搜集神话,不是为了把它
和被旱风吹干的木乃伊陈列于一橱,
和石弹、石斧、石犁、石纺锤陈列于一橱,
和尖底瓶、陶鬲、骨针、瓮棺陈列于一橱;

我们鉴别神话,只是为了欣赏
那个有信仰,有气魄,有决心的夸父,
那对重感情、重友谊、重礼仪的君主,
那匹驾风云、叱雷电、游八极的神鹜;

不许亵渎!
童心的摇篮!
梦幻的母乳!

希望的元素!
如今诚然到了使用电子计算机的时代了,
但是,只要你真诚,依旧
从中可以受到鼓舞!

我祈求,
神话的精神,神话的气质,神话的风度,
在我们身上和心上,
青春永驻!
因为,我们也有神话,
长征二万五千里的神话,
生产自救的神话,
打败日本法西斯的神话,
推翻蒋介石的神话……
陕北的小米子哟,
你营养了多少革命干部!
莫讪笑我在这儿宣扬图腾吧,
有什么不好?
假如
这个图腾标志着觉悟!

终于战胜了听天由命和愚鲁,
战胜了怠惰和荒疏,
战胜了无所作为和忧怵,
战胜了各种自杀性的沉痼……
终于到了这个伟大的时刻,

时针,分针和秒针,
同时向全世界宣布:
十亿人民
向我行我素的大自然
正式递交哀的美敦书!
我们要求它无条件纠正
亿万年遗留下来的
"天倾西北,地绝东南"的偏差与错误!
从此,我们会有一条清粼粼的黄河,
没有泥沙,没有尘土,
透明如主人的肺腑!
我们捕捉所有的落差,
驱遣它们去推动电站的各号机组,
为浑浑噩噩的荒野大漠戴上金冠,
又在金冠上缀满明珠!
我们还手牵火龙钻过冰大坂,
又喂养各种钢铁的蜘蛛,
让它们在平坦的或者不平坦的地方筑路,
像一张网,通向全体居民的门户!
我们开矿,
我们冶炼有色金属
我们挖煤,
我们往地心钻探、采油,
我们在空旷的后院栽培云彩一样的蘑菇,
这一切,必定使我们的铠甲更加坚固!
我们种草,

我们植树,

我们欢迎槲、楸、榆、桦、胡杨、云杉

和松柏之类的乔木,

我们偏爱沙打旺、柽柳、梭梭等等的固沙植物,

我们虽然因肤色的庄重而自豪,

却希望地母的云鬟碧绿!

当大西北遍体羽毛丰满,

她必将凤凰般凌空飞舞!

在这辽阔广袤的土地上

不仅会产生进行曲和奏鸣曲,

同样还会产生小夜曲,

不仅需要铜锣、铙钹、唢呐和手鼓,

而且需要鹰笛、冬不拉和热瓦甫,

雄壮而宛转的混声大合唱,

肯定能把我们激烈而缠绵的襟怀披露!

我们当然不会忘记

把那个为延水一分为二的山城

建设成共和国的第二首都,

好让我们的子孙后代站立在那儿

既可以展望,又可以回顾!

啊,前赴后继!

啊,含辛茹苦!

啊,春风普度!

啊,花团锦簇!

那时候,我们当向我们的列祖列宗发出一帖帖邀请书;
我们首先邀请轩辕黄帝及其夫人嫘祖,
问一问他有没有兴趣旧地重游,
踏着冰雪台阶再登昆仑,
凭吊望宫——那座他亲手营造的建筑?
问一问她愿不愿去参观丝绸之路,
这条路的真正起点,其实
始于她种桑养蚕,为蛹儿解除束缚!
我们还要邀请张骞和班超,
他们的勇敢,他们的节操,
直到千秋万世也是人民的精神宝库!
如果他们能活在第二次,
也许可以出掌民族事务委员会和外交部!
我们不会忘记唤醒醉卧长安的李白,
陪同他乘飞机去西域鸟瞰,
他可以攀定舷窗长啸高呼,
碎叶!碎叶!声音不必办理出国护照的手续。
同时,我们一定说服杜甫,
以老病之躯,专程前往凤翔和灵武,
不妨在一个明月团栾的夜晚,
建议他再去鄜州,探望久别的妻孥……
啊,一轮又一轮
　　春秋,
啊,一度又一度
　　寒暑,
跨过漫长的等待的痛苦,

跨过一再濒临绝望的恐怖,
跨过血与汗的汪洋,
跨过以生命作牺牲的刀俎,
人民
长大了,
人民
强壮了,
所有先进的科学技术,
将全部为人民所掌握,
看吧,神话
即将第一次走向
自己的
最后的
成熟!

1984年3月4日—3月25日　合肥

旗　誓

今天，人民竟赐给我一面旗，
一面光辉的红旗；
我把它插在心里，
我懂得它的深意。

旗，红彤彤的旗——
你是人民的鲜血，我的鲜血，
你是人民的眼泪，我的眼泪，
你是人民的汗水，我的汗水。

旗，红彤彤的旗——
也是我的欢喜，人民的欢喜，
也是我的感激，人民的感激，
也是我的安慰，人民的安慰。

人民和平凡的劳动在一起，
人民和不朽的历史在一起，
人民本身就是一面大旗，
旗的呼唤与姿态多么仁慈而严厉！

我在这面大旗下宣誓：
我将永远握紧你给我的史笔，

叹息你忍受屈辱的昨天，
歌唱你充满希望的今日！

我还愿公开我的一个秘密：
那一天，当我停止了呼吸，
人民的旗将与党旗一道，
覆盖着我的尸体！

1984年5月4日　破晓之前四点四十五分一气呵成，山西忻州

野 史 亭

公元1240年,五十岁的元好问决心不仕元朝,乃构筑野史亭于家乡秀容(今忻州)韩岩村,罄晚年余力从事撰述;所编《中州集》《壬辰杂编》,成为后人研究金史的主要依据。

这座小小的亭子,
岂不正是一段野史?
葛衣草履的老者,
讲述着悲惨的故事。

您把采薇当作磨刀石,
您把食粟当作大羞耻,
浩气因您而永存,
您因浩气而不死。

为什么正史害怕事实?
只为了有人以天下为私;
因此奴隶主的刀斧,
才反而力不胜纸。

纸上写了些什么?
老百姓心中的诗。
一代代香火祭奠,

燃烧的是您的名字!

1984年5月4日　山西忻州

卧 牛 城
——献给忻州的全体乡亲

什么龙盘阜陵,
什么虎踞山丘,
哪如黄土高原上
这头善良的卧牛。

什么襟带江湖,
什么扼制咽喉,
哪如劳动世界中
这头健壮的卧牛。

一边是碧绿的沃草,
一边是金黄的轭头;
暂且让它反刍吧,悠悠,
它会起来前行的,咻咻。

啊,亲爱的小城,忻州!
啊,亲爱的故乡,忻州!
在你忙碌的耕耘后面,
将永远是快乐的丰收!

1984 年 5 月 7 日　太原

太　原

全中国的每一幢楼房，
拔地节节而上，
它们仗的是什么？
您的雄壮的臂膀！

嚯！太原！钢铁的栋梁！

全中国的每一座炉膛，
热风呼呼作响，
它们靠的是什么？
您的冲天的火光！

嚯！太原！乌金的海洋！

全中国的每一台机床，
刀刃闪闪发亮，
它们指的是什么？
您的强大的磁场！

嚯！太原！旋转的力量！

全中国的每一颗心脏，

脉冲怦怦震荡，
它们和的是什么？
您的动情的歌唱！

喔！太原！坚定的理想！

1984年5月12日　石家庄

石　家　庄

石家庄，
世界的城。

您属于浑黄的滹沱河的
浑黄的冲积层，
又坐落于飘满枫叶的有着甜味的
苏必利尔湖滨，
同时，
在那一生只要沐浴一次
就能使人解脱苦难的恒河，
也有您的投影。

伟大的白求恩，
伟大的柯棣华，
都是您的
永远的荣誉公民。

石家庄，
光荣的城。

1984 年 5 月 13 日　石家庄

赵　州　桥

有一位痴迷的诗人，
对着月牙形的拱腹
大喊了三声：
李春！
李春！
李春！
这桥果真是您造的吗？
请您答应！

　　　果真……果真……
　　　答应……答应……

回音竟这般响亮，
胜似阵雷滚滚。

看，石头将石头咬定，
谁有本事
能插进去一根绣花针？！
迂缓的坦拱，
宛如安祥的前膺，
呼吸均匀；
大、小两对敞肩，

仿佛四扇窗棂,
当灾难和洪水一起扑来的日子,
它就是太平门。
更有栏板上的闲花卷叶,
更有望柱上的竹节龙鳞,
这哪里是桥!
分明
是天上最美最美的彩虹
移栽在人境。

爱护它吧,
就像爱护自己的眼睛,
不!应该说,
就像爱护我们民族伟大的匠心!

然而我愤懑,
洨河流了一千三百年,
偏偏今天丧失了她的童贞!
没有波光粼粼,
没有青藻绿萍,
没有群鱼唼喋,
没有蛙鼓齐鸣。
一句话,
没有生命,
没——有——生——命!
站在赵州桥上,

我要严厉质问,

彩虹她到底犯了什么罪?

以致必须囚禁于乌云?!

        1984年5月13日　石家庄

正 定 府

是否搜刮尽全中国的青铜，
齐运到这正定府来销熔？
铸造出六丈六尺的第一大佛，
为的是福佑宋室兴隆。①

然而那骈生的四十二条胳臂，
何以竟一夜之间消失踪影？
日、月、剑、杖、净瓶和拂尘，
也统统被罪恶之火烧熔！

据说是当年乾隆皇帝下江南，
狂奔的御马曾在此将圣驾惊动，
因此才命令斫断多余的手臂，
仅留下恭顺的一双合十于前胸。

不过新的指控又代替了旧的指控，
都道是青铜为垂涎的侵略者所相中，
尽管武士道们笃诚礼佛，
却更爱用子弹嵌进中国的体胴。

---

① 隆兴寺，初名龙藏寺，兴建于隋开皇六年（公元586年），有铜佛，后毁于兵火。宋开宝二年（公元969年），赵匡胤敕令重铸，还其金身，保存迄今。

我当然信服这后一种解释,
一九四四年这个数据绝非枉然无用;①
佛啊,劫难来时你连自身也难保,
又怎么能普渡这芸芸大众?

但是无论如何我要赞美他,
不光是由于仰望那慈祥的面容;
五万平方米的金碧辉煌,
将正定府溶解在一片圣水之中。

1984年5月14日　石家庄

---

① 抗日战争末期(1944年)重修大悲阁,将被锯掉的手臂全数换成木质的。

合　肥

合肥,您姓什么?

为什么来自五湖四海的人们,
一无例外地赞赏您小小的包河?①
都道是那儿有祠堂一座,坐着
一个永恒的希望,一段不朽的传说:
(您永远没有香火,
您永远不受贿赂。)
您的脸膛黧黑,却神色焦灼,
像农家汉子经过了烈日下久久的劳作。

　　人们缅怀着您的高风亮节,
　　人们钦敬着您的刚直不阿。

合肥!您姓什么?

当变革的狂飙已然吹遍了中国,
您依旧在指点自己的"青萍之末";
您最初的那块联产承包责任田,
正自豪地在大地上引吭高歌。

---

① 合肥市内有一条包河,岸上建包(拯)公祠,祠内不设香炉。

（您永远不会干涸，
您永远奉献收获。）
您黧黑如昨，然而万分快乐，
一切劳动者都选择了这种颜色。

  人们咀嚼着您的金豆银颗，
  人们祝愿着您的日丽风和。

合肥，贵姓是包吧，
姓得有气魄！

1984年5月14日　石家庄

蠡县·辛兴①

蠡县有个小村,
名字叫作辛兴。
辛——兴,
新——兴,
新——星,
无论怎么写都行。
无论怎么写,
我都愿意献上一支歌,
赞美你,好一株
勃然矗立的春笋!
太阳还在照耀,
雨水还在滋润,
你还在长,还在长,
一直要长成大片绿荫!

我深深地懂得,
人们把你唤作新兴,
不过是为了倾泻
久旱逢甘霖的一种内心的振奋,

---

① 河北省蠡县真正起飞了。辛兴这个小村庄是它的光荣与骄傲的缩影。全村实行联产承包责任制以后,粮、棉大幅度增产,还解放了大批的劳动力,转而从事丙纶加工业。大队办起了工厂,家家户户也都是作坊,没有一家不是万元户,奇迹!

人们同时说你是新星，
那完全是忠实地记录了
你在商品经济的天体中的
位置、轨迹和光明。
最妙的要数"兴"字，
既可以读作一声，
又可以读作四声，
然而，我却宁愿选择你的旧名：
辛——兴！
辛兴！经过辛苦之后的甜蜜！
辛兴！经过辛劳之后的旺盛！

1984 年 5 月 19 日　观光归来

河间：三十里铺

我无意描绘河间这座古老的城池，
今天，我只接触她的一个小小的村子；
三十里铺，北中国茫茫乡野中的
随处可见的乡土味的名字。

然而，这里有一宗极其特殊的作物，
不是冬麦，不是绿豆，也不是黍子，
而是中华民族血汗眼泪的晶体——
有着三千年高寿的鹤发童颜的诗！

换言之，此行我是专程拜谒毛公祠①，
我准备向他虔诚地敬酒三厄，
并且谈谈自己对祖先的感激与仰慕，
如果他俯允，我还想对他起一个誓。

谁承想，迎接我的竟不是殿堂碑谒，
而是一排排最简陋的瓦舍茅茨！
坟茔平毁了，匾额被钉在篮球架上愁云如织，

---

① 毛公祠，又名毛公书院，系纪念《诗经》的传授者之一的毛苌的一座历史悠久的建筑物。原有三明六暗的正殿一座，偏殿两座，巨碑两筒，坟茔一座，但已毁于"文化大革命"，痛哉！但是与三十里铺为邻的一个村子干脆叫诗经村，这证明人民是不会忘记《诗经》的。

甚至寻不见半片当年陪葬的陶瓷!

历史像一架飞行中的民航班机,
在前进的中途遭到了劫持;
那伙暴徒哪儿懂得什么叫《诗经》?
他们是一群狂人、恶棍和白痴!

哦,您从秦始皇罪恶的火舌下面
用温暖的记忆将三百篇一一熏炙;
《诗经》完好如初地康复了,
您本人却失掉了不朽的骨殖!

您有何感想? 我敬爱的毛老夫子!
作为您的子孙,我充满揪心的羞耻:
为什么会有这么一条规律:一旦丧失理性,
被无端践踏的首先总是诗?!

1984 年 5 月 21 日　任丘

唐　县

一个隆准方额的碧眼儿,加拿大籍,
依据本人的选择
仆倒在黄石口附近的山地,①
终止了
纯粹中国式的呼吸。

他活着的时候,
要求别人把他当作一挺机关枪使,
轰鸣着,轰鸣着,
突然,中断了射击,
然而,留下了芬芳无比的火药味。

一切胆小鬼,
一切麻木的人,
一切革命的厌倦者,
统统都到唐县去!
你们伤风的鼻孔会开窍,
你们会闻到那股圣洁的气息!
你们还会换上一叶
永远健康的肺!

1984 年 5 月 21 日　唐县

---

① 伟大的国际共产主义战士诺尔曼·白求恩牺牲在河北省唐县黄石口村。

中国的金字塔

河北省唐县黄石口村,有一座晋察冀烈士陵园,曾遭到日本侵略军平毁,解放后重建。所有为革命牺牲的县、团级干部中,仅剩下一位骑兵团团长、一位骑兵团政委、一位县委书记,尚有碑碣可寻,而逝世时年龄均不满三十;其余二十七座坟墓,全部成为无名英雄。这三十座坟墓均作金字塔形状,麻灰色花岗岩所砌,庄严肃穆,既触发哀思,又激励斗志,因作诗以歌咏之。

我看见了中国式的金字塔,
整整三十座列成一个梯队;
金字塔里并非埋葬着法老,
清一色倒是些革命者的遗体。

我看见了中国式的金字塔,
不必担心它会泄漏神秘的毒气;
清风从绿树间徐徐吹过,
正是烈士们阔大深沉的呼吸。

我看见了中国式的金字塔,
它们矗立起才不过半个世纪;
死者从容地奉献了的青春,
好像一片永不凋落的晨曦。

我盼望我们的大地不再受污染,
我盼望幸存的寿星将往事追忆;
我盼望我们的军号嘹亮一如往昔,
我盼望我们的红旗壮丽永远高举;

我盼望这些中国式的金字塔,
能被记载,被描绘,被编进歌曲;
我盼望这些被残害的元帅和领袖,
能将灵魂化作成熟的谷粒;

我盼望这些中国式的金字塔,
会铺开不断攀登的精神石级;
我盼望他们不因没有子女而悲痛,
而是满意地承认有无数合格的后裔。

这样的金字塔才称得起伟大,
这样的金字塔才够得上奇迹;
他们当年咽下去的铁弹,
应该铸成中国起飞的钢翼!

        1984 年 5 月 24 日　河北任丘

任　丘

我是用科学武装起来的巫师,
我会念一些神秘的符咒;
我的目光可以将地心穿透,
同时我又是观音菩萨,长着一千只手,
每只手上都像戴结婚戒指一样,
戴着钻头。

我是一只人形的狐狸,
我能施展各种各样的计谋;
我的思想简直教地球吓得发抖,
但是当我劳动了一辈子,我也会死,
而且我也将像狐死首丘一样,
死在任丘。

1984 年 5 月 27 日　河北任丘

功 勋 井
——献给华北油田的工人们

井房本来就很小很小,
小得三个人便难以容身;
红色的机器在中央运行,
而更加狭仄的一角
悄悄地站立着"谦逊"。

几盒当年的油砂,
几筒当年的岩心,
几瓶黑黝黝的样品;
不声不响地辛勤劳动,
它们的名字都叫"功勋"。

1984 年 5 月 27 日　任丘

济南(一)

这是中国唯一的泉城,
额上长满七十二只眼睛;
而且每一只眼睛里面
都包着一粒清澈的瞳仁。

在那个漫长的冬日的黄昏,
她竟哭瞎了光明的眼睛。
如今才渐渐地去掉翳障,
由于节令又近清明。

1984年5月30日　历下

济南革命烈士纪念塔

一座革命烈士纪念塔，
像忠诚的哨兵日夜屹立，
他的凝重伟岸的身躯，
总和山光一道扑进我的心底。

当每天天边现出了晨曦，
他的目光就频频和我絮语：
再大的眸子也不成其为世界，
你应该准备投入我们的怀里！

1984 年 5 月 30 日　济南

济南（二）

豪放的是崇楼飞檐，
婉约的是垂柳闲莲，
才遇辛门幼安，
又见李氏易安。①

三面青山一面湖，
半城铜琶半城弦；
分——则天缺地残，
合——则金瓯圆满。

1984 年 5 月 31 日　历下

---

① 辛门幼安，指辛弃疾；李氏易安，指李清照，他们都是宋代的大词人，都是济南的骄傲。

黄河的骄傲

　　山东济南有一座建成不久的公路大桥。四个 A 字型的桥塔高达六十八点四米,而桥桩更深达九十米,直接咬住了地下的石头。每个 A 字的左右均各有十一股钢缆;诗人李根红将它比作竖琴。我专程驱车前去,并步行了一大段,又下到河岸,仰视俯视,都令人极度振奋。我为天才的中国工程技术队伍深感自豪,诗以志之。

汽车驰过黄河大桥,
桥不颤抖,
倒是黄河在颤抖,
(这是黄河的甜蜜的心跳)
美极了! 像蒙娜丽莎神秘的微笑!
八十八股钢缆组成的 A 弦,
伴着浊重的男低音,
组成了四重奏。

我的五千岁的文明古国啊,
我热烈祝贺你,
变得如此青春年少!
一片和谐,一片奇妙。
就在这和谐与奇妙之中,
我听到了,听到了

二十世纪八十年代的

黄河的怒吼……

1984 年 5 月 31 日　深夜于济南

淄　　博

淄博抖开了历史的包袱皮,
——城中有村,市中有地;
在厂房大厦与烟囱水塔的森林里,
高高低低的坟冢像一局残棋。

也许是贵族,也许是皇帝,
全都是两千年一睡不起;
脚边有殉葬的犬马,
身旁有屈死的奴婢。

总有一天,这笔账得算个仔细!
带枪的阳光会将黑暗一一击毙。
目前,姑且让它们继续守望四野吧,
权当那辨认里程与方位的标记……

1984年6月2日　张店

满　井①

蒲老先生离开我们远了，
满井的井水便不再满了。

满井的井水已经不再满了，
大大小小的沟渠也全干了。

大大小小的沟渠既然干了，
喜爱潮润的柳枝马上完了。

喜爱潮润的柳枝不幸完了，
绿荫下的狐鬼们纷纷搬了。

绿荫下的狐鬼们纵然搬了，
聊斋故事的续篇并未断了。

1984年6月3日　山东张店

---

① 淄博市淄川区蒲家庄设有蒲松龄纪念馆。在其故居附近，有一满井，水常满而四溢为溪，滋生柳荫无数，故又名柳泉。如今水位下降，溪流枯竭，基本上没有柳树了。

聊 斋

黑的严肃的墙,黑的严肃的院门,
屋顶上是一溜"海青"①;
砚台还在发散着墨香,
油灯还在旋转着光轮。

刺虐刺贪您全然为着百姓,
谈狐谈鬼您其实想的生民;
似这等寒伧的小小房舍,
真应该遍布于中国全境!

1984年6月3日　张店

---

① 海青,当地指上铺茅草,续以瓦檐,既防火又避暑保暖的房屋。

赞鼻烟壶内画
——题赠博山美术琉璃厂

鹰隼般的目光,
洞穿了世态物状;
噙着毫毛的钩笔——
巨匠手臂的延长;
这绝非人间的画图,
实在是梦幻的本象。

1984 年 6 月 4 日　博山

可悲的诗意
——临淄故城殉马坑写意

他至少是一位千乘之君,①
死了也不忘战神的身份;
不惜动用十分之一的坐骑,
幻想着阴曹地府的任意驰骋。

六百匹高头大马是如此英俊,
为首的五匹还系着响铃;
尽管四蹄都做着飞奔的姿态,
无奈何毕竟全部冻结于毒鸠。

看!这就是统治者的秉性!
毁灭,乃是他与生俱来的"责任":
既扼杀无数蓬勃的生命,
又斩断无数远大的前程。

遗憾!我们还未查清他的姓名,
这一层尚有待于今后的发掘考证;
然而有一点却完全可以断定:

---

① 古时战车四马一乘。所谓千乘之国,自然是强国。殉马坑中的六百匹系根据现已发掘部分的排列密度以及占地面积估计的数字。马骨完好,左右两列,前后迭压,阵容井然,昂首侧卧,作奔走状,令人感到十分壮观而又十分震惊。

权欲酿造的悲剧留下了袅袅的尾声。

1984年6月5日　胶济铁路火车上

青岛(一)

他奔跑于浅绿的草毯,

他飞腾于深绿的树冠,

他游弋于湛蓝的波浪,

他偃卧于金黄的沙滩,

他驾驶着灰色的兵舰,

他导航着乳色的轮船,

他汗洗着黑色的鬓发,

他鼓突着棕色的肌腱……

尽管青岛的姑娘十分美艳,

三位少女就能拼成一块调色板;

但我仍旧认定青岛是个男子汉,

而且终年不脱海魂衫。

1984年6月6日　青岛

青岛(二)

高山替你挡住了北风,
大海为你送来了南风,
地球上的经度和纬度,
这些概念对你都不适用。

啊,青岛!
愿你在恒温中保持永恒的花容。

北方人爱你不是北方,
南方人爱你不像南方,
你把冬天投入火炉,
你把夏天藏进冰箱。

啊,青岛!
连候鸟也投票选择这样的家乡。

1984 年 6 月 6 日　青岛

青岛海滨浴场印象

美丽的海滨浴场
正在紧张施工,
我想,等到炎炎流火,
肯定她会送你一枕幽梦。

你看她有多少悬崖上的鹰巢,
四壁都一如刀削般危耸,
又有怒放的花朵们,
色彩斑斓,万紫千红,
何等大胆的想象力啊,
胶州湾畔,催发了
神话一样的蘑菇丛丛!

还有一柄已经大撑开的巨伞,
(只有伞把伞盖,没有半根伞弓)
我猜她也许急不可耐了,
盼望着,盼望着
阳光能比海浪更其汹涌。
而一排排淡水淋浴的小屋,
早已安上了因多情而垂首的莲蓬;
她等待的是那一声满足的口哨,
以及从眼角里溢出来的

惬意的笑容。

我几乎拍遍了
所有波浪形的曲栏,
——蓝白相间多少重!
简直流连忘返了,
直到暮色迷蒙……

待到电梯以它的长臂,
重新将我举上十八层的高空,
我仍旧忍不住推窗凝眸,
寻找她的芳踪。
咦,怎么啦?难道
她原来是一只难解的魔方?
要不,又何以在淡青的电弧灯下
变作了一些恍惚由外星人带来的
可爱的甲壳虫?!

1984 年 6 月 6 日　青岛黄海饭店

雾之乳绝句

青岛的雾之乳是咸的,
庐山的雾之乳是甜的,
不论是咸的或者甜的,
都希望那杯子是蓝的。

1984年6月7日 青岛
是日大雾弥天

两只桃子

　　临淄故城南门外,有一座三士冢,埋有伐徐立功的田开疆、打虎救主的公孙捷和斩鼋保驾的古冶子。他们都是中了齐相晏婴的计谋而相继自杀的。"一朝被谗言,二桃杀三士。谁能用此谋?相国齐晏子。"以此观之,晏婴虽有功于世,但不能辞戕害人才的罪责。

这是两只最苦的桃子,
也是两只最甜的桃子,
苦是因为饱含自私的液汁,
甜是因为终于尝到了羞耻。

这是两只最贱的桃子,
也是两只最贵的桃子,
贱是因为内核的如蛇毒齿,
贵是因为赚取了三位义士。

1984 年 6 月 7 日　青岛

蛋 壳 瓷

　　淄博陶瓷中,新展出了仿制的龙山文化代表作——蛋壳瓷,精美绝伦。

蛋壳瓷,怎么
你比蛋壳还要薄?
黑的却像历史的暗夜,
一锭化不开的墨。

太古老了,龙山文化
不过是一段离奇的传说。

然而,今天你却从通红的窑里跳出来,
并不曾被粗心的指甲弹破。
瓷尊,瓷鬲,瓷爵,
牵动了我们的睫毛和惊愕。

蛋壳瓷,
蛋壳瓷,
我们欢呼
我们祖先的心脏
在停止跳动几千年之后,
竟然重新起搏。

1984年6月8日　青岛

题闻一多石雕

一颗无声的子弹
击碎了中国的夜寒,
您的破旧的围脖
全部被血花所点染。

就系着这条围脖吧,
直到您变成了花岗岩;
还有比花岗岩更永恒的
是人民对您的纪念。

       1984年6月8日　瞻仰山东海洋学院
             一多楼归来

青岛小夜曲

万家灯火,
万家灯火,
纵是山岳,
横是海波,
还有那天上的无数星座,
闪闪烁烁,
像珠宝,
全都瞄准这最高的楼台溅落;

哦,一半归了你,
一半归了我。

咱们两个,
咱们两个,
心儿默默,
眼儿脉脉,
还有那小青岛的信号节拍,
明明灭灭,
像情话,
全都向着这最高的楼台诉说;

哦,一半代替你,

一半代替我。

        1984年6月8日　夜得诗,青岛

崂山石匠

叮当,叮当,
四面八方,四面八方,
都是这錾刀凿石的、力和力的
合唱。
它们,不断将我的心之回音壁碰撞,
我的心,
爆出了火花,
我的眼,
透过汗水的翳障,越发明亮。

我看清了,
一块一块的花岗岩,
方方正正,
堂堂皇皇,
打这儿走南闯北,过海漂洋;
全都像山东硬汉,
有楞有角,
胸宽胆壮!

石头们是美丽的。
那颗颗石英,
是凝固了的土地母亲的乳浆,

黑云母的碎片
闪着万古洪荒的幽光,
通体还星星般镶嵌着
金豆似的黄铁矿……
有的砌成院墙,
建设我们的家乡;
有的筑成碉堡,
保卫我们的边疆;
有的就索性铺成脚下的阶梯,
让攀登者拾级而上。
石头们因此而三倍美丽了——
一个个捐躯在沙场!

崂山应该正名为劳山,
光荣
归于石匠。

         1984年6月9日　崂山归来

我喝到了当天生产的啤酒
——献给青岛啤酒厂的工人同志

生平第一遭,
我喝到了
当天生产的啤酒,
直到夜深,
直到睡神开始向我招手,
我仍旧
舍不得漱口。

那波动在黄金溶液上边的
可是雪浪花般的海潮?
但愿我的记忆和味蕾
和这只玻璃杯一道立刻变作石头,
凝结这股清香,
直到天长地久。

从今而后,
这条长长的流水线,
将一直会在我的眼前起伏飘浮;
因为我终于明白了,
除了稻米、发芽的大麦和啤酒花,
至关紧要的是

将工人阶级的心血蒸馏——
叹息,不是原料,
而且我也会由此而获得
消化一切艰难的胃口!①

1984 年 6 月 11 日　烟台

---

① 这最后的三行,借用了车间墙报上一首诗的大意。

芝 罘 岛

遥想当年的始皇帝
挟带着翦灭六国的豪气,
先后三度前来观沧海,
是否为了寻求新的领地?
今天,肯定已经再也没有谁
会像他那样贪得无已;
我们只需要自己的海域,
自己的对虾,自己的黄花鱼。
而且我要向芝罘岛敬礼,
你的形状像步枪上的一柄扳机,
我赞美你默默地保卫着安谧,
一个世纪又一个世纪……

1984 年 6 月 13 日　烟台

烟　台

狼烟早已经散开，①
此地空留下烟台；
昨夜熬煎的劳苦，
还在脸颊上记载。

但她仍大睁着双目，
注视着远方的云彩；
一只眼射向了黄海，
一只眼紧盯着渤海。

直等到西天起暮霭，
又忙将港湾搂在怀；
再点亮那三两灯火，
将你我的好梦抚拍……

1984年6月13日　烟台

---

① 明代为防御倭寇，设奇山所，并在临海的北山上筑起狼烟墩台，烟台由此而得名。

蓬莱阁上的避风亭[①]

为什么
人说蓬莱是仙境?
我想,不仅仅是由于琼阁入云,
不仅仅是千年古槐,至今
还有如盖的绿荫,
也不仅仅是春夏之交,时逢节令,
蓝天上会映现一幕幕海市蜃楼的幻景,
有屋宇,有道路,有车马,
有不知哪个朝代的行人……

最教我佩服叫绝的是——
这帮神仙真"精",
他们懂得,心,
需要一种不受惊扰的安宁,
因此,他们不言不语
悄悄地盖起了避风亭。

1984年6月15日 济南

[①] 蓬莱阁上有一座避风亭,无论海面起多么大的风,划着火柴也不至于熄灭。之所以如此,是因为:一、避风亭三面皆墙,没有窗户;二、亭门外正好有一段弧形的堤墙,气流到此遇阻,便上升越屋脊而过。

太 原 和 我

如果让我来谈论太原，
太原就不仅是美丽的城市；
太原像一株占卜的蓍草，
曾经和我的命运紧紧交织。

此番我们睽别了六年，
六年是两个一万个日子，
每一天都半是白昼半是黑夜，
但谁能分割这相知后的相思？

我时刻惦念着你的芳信，
也时刻回忆着你的芳姿；
尽管对于我你一度是炼狱，
火熄了一切也就全然冰释。

那创伤既不止是我个人的创伤，
那羞耻也不止是我个人的羞耻；
唯愿在今后新开辟的路上，
纵有风雨泥泞也不忘彼此扶持！

1984 年 6 月 16 日　济南

咏灵岩寺彩塑

哪里藏的有灵岩寺的灵气?
我看就在于这一堆堆宋朝的泥;
四十尊塑像竟如此的活龙活现,
能看见那血脉,能闻到那鼻息。

真不愧堂堂岱宗的支派余绪,
有资格保守这绝技的秘密;
出世的心态,入世的身躯,
在僧在俗,都名列天下第一。

        1984 年 6 月 16 日 游罢归来,济南

登泰山日观峰看日出

谁说登泰山而小天下?
我可不敢那么狂妄自大!
泰山,我要向您道一万声感谢,
一万声感谢也难以将我的心情表达。

  是您,使我既看清了俊俏的新中国,
  是您,使我又看清了伟岸的古华夏。

屹立在薄暗中我将太阳迎迓,
相互以天人之间的礼仪对答,
最亲热,最朴实,也最庄重,
——面颊摩擦着面颊。

  那烈火一般的热情啊,
  差一点彼此都通体融化!

于是我激动得哭了起来,
泪珠儿一串串迎风飘洒;
您可曾看见倾斜着的河汉?
那正是它们闪烁的光华。

  每一夜星斗灿烂的天庭,

都写满了心灵的秘密爆炸!

谁说登泰山而小天下?
我可不敢那么狂妄自大!
泰山!我的永远的精神的父亲!
见过您我才自觉成熟而旷达!

泰山,您教育了我如何去爱新中国,
泰山,您教育了我如何去爱古华夏。

1984年6月24日　改定于济南

曲　阜

曲阜城很小，
但很奇异，
的确，在这里，
每一件东西
都赋有双重的含义。
不错，对于她，应该
献上一百个"伟大"来赞美，
然而，一百声赞美之余，
还必须
添上一声叹息。
庞大的古建筑群，着实雄伟，
它的琉璃瓦，它的龙柱，它的兽脊，
在在都使人感觉到
东方文化的活的呼吸……
殿堂庄严如庙宇，
有逼人的清寂。
桧、柏森然，
却缺乏青春期的情趣与膂力。
所有的碑碣都记载着激动人心的盛况，
可惜，那感情全部属于往昔。
我觉得一切都平安无事，
但又一切都充满危机；

我觉得一切都令人陶醉，

但又一切都导致疲惫。

难道不是吗？

礼崩乐坏，

固然意味着倾圮，

礼修乐备，

岂不象征着复辟？！

我在曲阜街上走，

明明眼望着二十一世纪，

而这些现代化的柏油马路

却一起跑来诱惑我回归"过去"。

啊，曲阜！好一面辉煌的旗，

为何偏发散历史的霉味？！

因此，我坚决认为，

添上一声叹息仍旧不够，

还要捕捉住那有如电光石火般的

一刹那间的启示与激励！

        1984年6月24日　济南

邹　县

人口比曲阜多，
面积比曲阜大，
街市
也比曲阜繁华；

可是，一个象形文字
施了万劫难复的魔法，
曲阜始终是至圣，
他却是"亚"。

1984年6月25日　济南

过孟轲故里

当学生,
就该当这样的学生;
青出于蓝
而胜于蓝。

当哲人,
就该当这样的哲人;
民为贵,
社稷次之,君为轻。

在名字叫作邹的这个地方,
我希望时光倒流两千年,
那时节,兴许
也能厕身其间。

1984 年 6 月 25 日　济南

劝 赑 屃

赑屃,神话传说中的一种动物,是神龙的第六子。为帝王世家驮碑,似乎是它的终身职业。孔子家庙有十三座碑亭,每座亭子里都有一只赑屃,在忍受着所谓御碑的以吨计的压力。

赑屃,你的名字多么冷僻,
你到底是一种什么生物?
你究竟属于哪一纲?哪一目?哪一门?哪一类?

既长着龙之首,
偏安上一段蛇之尾;
既生就鹰之爪,
又何苦覆盖龟之背?

正是这么一块甲壳,
使你被人们错认作乌龟;
错认倒不打紧,
可恼的是奴才的职位——
要遵从皇帝至上的唯一权威,
要恪守等级森严的不二秩序;
还要忍辱负重,
驮起那一筒筒污黑的石碑!
一驮就是一辈子,

一驮就是几千岁……
赑屃,我问你,
难道你真的不想云?
难道你真的不想水?
难道你真的不想自由自在
终老于天地?

赑屃,我劝你,
快掀掉那些沉重的负累,
管它什么跌个粉碎!
你愿走就走,
你愿飞就飞,
反正离开这些肮脏的宫闱!
到民间去!
到民间去!
民间有的是你的朋友,你的兄弟!

      1984 年 6 月 26 日 济南

塔林一觉[1]

少林寺的塔林,
曾经握手话别;
说是后会有期,
这次不算永诀。

今日灵岩寺前,
塔林果然践约,
精神更为矍铄——
砖砌变为石叠。

辞谢塔林归去,
不禁有些悲喧;
塔林对我耳语:
相忆更是相携。

1984年7月16日　合肥

---

[1] 河南嵩山少林寺有一座墓塔林,埋葬着历代圆寂的高僧;山东泰山灵岩寺也有一座墓塔林,规模之大,可与前者媲美,而且全部为石块构筑,可望保存更加久远。这两座墓塔林,都令人思想起时间、信仰和人生。

泰山石敢当

小时候,不知道泰山
是什么模样,
却天天承受了
他的分量:

在我出生的古城,
有许多阴森寥寂的长巷,
有许多胡乱凑合的民房,
胡乱开了些风水不利的门窗;
而所有的三岔路口
似乎白昼也有野鬼徜徉、冤魂飘荡;
可我不懂得害怕,
我有我的依傍——
看吧,一块块粗砺的有楞有角的石头
镇守在需要他们的地方!
威武雄壮,
寸土不让,
他并没有刀,
他并没有枪,
浑身上下,不过披挂了五个大字:
泰——山——石——敢——当!
在我无瑕的童心中,

这就是
巍巍东岳的形象。

如今老矣,
世事沧桑;
我有幸登上了真正的日观峰,
背驮斜阳会朝阳。
望身外,乱纷纷往事
一如浮云尽远扬,
看脚下,又发现
石头正是泰山的土壤!
于是,我丝毫也不后悔,
于是,我反倒萌生希望,
我不后悔十万级石磴不曾叩头咚咚响,
我不后悔一路之上不曾焚烧三炷高香,
我不后悔过庙进祠不曾参拜碧霞娘娘……

但我的确是虔诚的,
比起那班善男信女来,
我自信更加温良恭俭让,
我不求福如东海大,寿比南山长,
我也不求财源茂盛达三江,
我怀里揣着的
只不过是签字画押的
借据一张!
借什么?

借石头!
借泰山石敢当!
我要借他们,
去到天底下还有邪恶横行的角落站岗!

可是,我听见周围有人嗤笑:
你不是无神论者么?
哼,老天真!
荒唐!

1984 年 7 月 16 日　合肥

致东坡居士

自从有了"法家"一说，苏东坡就被戴上了反动文人的帽子了。其实大谬。第一，当司马光开始全面废除新政之际，他不以为然，并与之发生争议；第二，他和王安石保持着相当友善的私谊。多少年来，我们吃形而上学的亏，对苏东坡的片面评价，不过是其表现之一。我想，无论对古代现代、外国中国的诗人、作家，都首先应当把他看作一个人，一个受历史和阶级条件局限着的活人，不能简单化，更不能粗暴。有感于此，写下了这首诗。

人们非议您吟了一首作伪的诗，
那倒楣的题目叫作《登州海市》；
到今天差不多有整整九百年了，
我却不自量力跑来替您写辩护词。

打扰您了，我最尊敬的东坡居士。

对吗？您在登州任期不过五日；
对吗？时值初冬蜃气已然消失；
对吗？您曾两度登临蓬莱仙境眺望；
对吗？也曾为此祷告海神不止一次；

和您一样，我不否认这都是事实。

但是我要郑重通报评论界的同志,
提请他们注意您的经历您的气质;
您既是浪漫主义者又是现实主义者,
要不,"把酒问青天"和"射天狼"如何解释?

您同意吗?难道大师们不历来如此?!

何况您听了那么多海的传奇海的故事,
何况您见了那么多海的温柔海的恣肆,
想必您还去过那神秘的避风亭吧?
为此后人才将您的墨宝铭刻于一方斗室!

何谓灵感?岂非天边升起的云帜?

于是您挥毫忠实记录了心灵的历史,
于是您把幻觉当作了眼前的现实,
于是您想起了被放逐岭南的韩愈先生,
于是您引他为知交寄托一己的身世;

必须肯定,《海市》情深是由于意挚!

我不懂为何要考证诗歌的每一粒文字?
我不懂为何要细数大树的每一根虬枝?
假如一定得这样文学才称得上科学,
哪如趁早宣布枪毙一切神采飞扬的情思!

然而放心，您老长寿永远不会死。

1984年7月17日　合肥

金 果 颂
——欢迎许海峰同志

枪声响!

奥林匹斯山岗,
所有结金果子的树木
纷纷摇晃……
然而,挂在九重天上的金果子,
依旧闪着
傲慢而冷谲的光芒:
喂,中国人!
　　你们可想
　　摘一枚尝尝?

勇敢——技巧——信仰,
三点成一线;
子弹多情,
钻进了
"○"的心房!
捅破了
那张
整整一个世纪密闭的网!
历史抖了一下,

不得不执行你的命令,
为中国,
揭开新的篇章。

今天,
家乡跳了起来
向英雄鼓掌,
(必须声明,
我说的家乡
当然不仅仅是指
淮河流过的一小片地方。)
看吧,不等浪涛平息,
地球
便拨动电子计算机,神色惊慌。
它肯定是在
估算——
热核反应的当量。

    1984年8月8日急就于中国女排夺冠之际 合肥

没有美酒的壮行歌

青年诗人、河南省开封市《东京文学》编辑孔令更同志,决心踏勘黄河和感受黄河,要求留职停薪两年,最近获得了批准。他是又像杨联康又不像杨联康的第二个杨联康。我为诗界感到光荣,我祝福他凯旋。

在你抬脚上路的日子,
忽然间我变成了先知;
我对着一个熟悉的背影预言:
不消多时,黄河
将会亲自写一首好诗。

这首诗便是你啊——
我的年轻的野心家同志!
诗人,当然应该是野心家,
(我说的是艺术,
不是政治。)
没有野心的诗人不是诗人,
不过是一条目光短浅的虫豸,
或者,
一个低能儿。
一个白痴。

从今天开始,
我,将每天描摹
你在黄河岸上仆仆风尘的身姿,
说不定,当年的外省乡巴佬拿破仑
也是这副样子!
(可他去的是富丽的巴黎市,
你去的是荒寒的黄河源,
讽刺!)
但你和拿破仑都有不高的凡人身材,
但你和拿破仑都有恢宏的大帅气质!
(这一点,完全相似。)
可惜!我的身子骨不够硬朗,
要不,我就报名
去当你的卫士!

不知道为了什么,
我总是想着你的眸子,
唉,眸子!漆黑的,发亮的,
瞳仁特别大的眸子!
在那些长长的睫毛后面,
几乎没剩下眼白的位置——
否则,又怎能容下两颗
一碰准会着火的燧石!

是哪一本教科书告诉过我,
中国的含辛茹苦的祖先

怎样驾着独木舟

在黄河的拍天巨浪中飞驰；

黄河给了他们活命的水，

也给了他们奋斗的力，胜利的才智，

他们用石器和铜器

建立起最早的村社、部落，

和军事共产主义的国家体制；

黄水漫过的大野，

寂灭了多少灿烂辉煌的遗址！

一路之上，祖先们当年散布的火种，

岂不正是这样一种燧石？！

因此，想必你的奇异的眸子

是祖先特意留下的信物吧，

如今，你正好凭借它去

寻根，和

寻找历史。

啊，你这黄泛区的孩子！

你这喝风咽沙长大的孩子！

你这皮肤与肠胃被磨砺得

一般粗糙的孩子！

还记得我们的初次相见吗？

我竟毫不掩饰

我的惊讶的凝视——

你哪来这么多绿色的梦幻与情思？！

（请原谅，原谅我的

无礼和冒失。）

不错,你是平凡的,
的确是平凡的,
你还来不及写出什么不朽之作,
以至于抢光了洛阳所有库存的白纸,
你也没有用金线织下姓名
绣一面属于自己的旗帜,
你只有胸中吐出来的一股年轻的风,①
不断地、沉思地,
抚摸你倔犟的发丝,
然而,你心中起过的誓,
那像隆隆雷声一样的誓,
一旦冲决了坚固的牙齿,
教人听了,不由得不
纷纷竖起了拇指!

又一个杨联康!
而且热爱诗!

我从你咨啬的言语和羞怯的微笑中
感觉到了你的如骨的梗直!
当我们谈起了一切假的、恶的、丑的,

---

① 孔令更同志寄给我一本打印的诗稿,书名《年轻的风》。

你在在付之一哂!
我也听人介绍,
关于你的五岁的儿子,
居然也有一段颂词。
(你自己是绝口不提的,
你认为,行为不是商品,
不应该贴上价格标志。)
作为一种对遗传基因的选择,
作为一种对宗法恶习的申斥,
你不让儿子跟随父亲的姓氏,
也不让儿子跟随母亲的姓氏,
只是(好生奇怪!)
起了"阿羝"这么个名字!
这可是一场革命啊,首先,
从血缘上实践了真正的无私!
然而同志,
你不知道羝是羊吗?
你不知道羊是弱者吗?
我诘问着,又忍不住替他辩护着,
然而同志,
你不知道羊有角吗?
你不知道羝又健斗吗?
对呀,如果,
所有的道路都被堵死,
羝,为什么不可以变成雄狮!

别人又告诉我,
你的老娘年迈多病,
你的老父新近谢世,
困难啊,此际此时!
你终于说服了妻子的眼泪,
你终于说服了阿羔的幼稚,
你终于说服了自己的犹豫和迟滞,
你终于头也不回地走了,
仿佛黄河应许了按月发给你工资。

又一个杨联康!
而且追求诗!

不斟美酒!
不折柳枝!
不要祈祷!
不要占筮!
要的是心的庇护!
要的是手的支持!

毫无疑问,
山峰,沼泽,霜雪,蚊蚋,豺狼,鬼火,
全会一个接一个跑来逼你面试;
你纵然满耳涛声,
但你会口渴如炙;
为了赶路,也许

你会错过那些可以投宿的村子；
你的皮肉一定要出血，
因为野地的荆棘一起向你伸出了恶毒的刺；
你的衣衫一定会泛汗酸,还会生虱，
而且三个月也未必能刮一次胡髭；
你会疲劳，很疲劳很疲劳，
你甚至会恨不得马上就地停止；
但是你最后还会往前扑去，
（不是跑，不是走，而是颠踬。）
我明白，你这样四处找呀，找呀，
都是为的找到那把
神秘的黄河的钥匙！

是的，我相信你，
是的，我等待你，
有朝一日，
你会收敛双翅，飘然而至，
由于激动和喜悦，你等不及
答应和开门，拥抱和欢呼，
就隔着窗子，
对我娓娓地讲起了
一连串的河伯的故事……

1984年8月19日　合肥

海　颂
——写给大学时期的战友们

第一乐章

大海啊,生命的亲娘,人类的故乡,
我们,谁不是辞别您上岸远行的儿郎?
当年海水淘制出第一只活的细胞,
人,便周身打满了您的印章!
一切人流淌着的体液和血液,
都以盐分宣示了自己的海相。

被我们抛弃了的古老的摇篮啊,
既有婴儿的眠床,又有妈妈的乳房;
到如今在这个被叫作地球的星体上,
70%的面积仍旧是莫测的汪洋,
而人体内部恰恰也含有70%的水,
这是巧合?还是某种神秘的征象?

大海环抱着所有的大小陆地,
无论是平原、丘陵,或者高岗,
因此,与其我们自称是某大洲的居民,
哪如干脆说成是住在几个岛上!
永存的海啊,永存的漂浮和永存的摇晃,

您的气息渗透了我们,发散着自然的芬芳!

谁都知道,水的化学分子式是一个 O 加两个 H,
再配上其他元素,按照上帝的定量;
而人类生命所赖以维系的鲜血,
它的结构竟又同海水大体相仿,
难道血液是海水的孪生姊妹?
要不,何以体态、面貌如此一样?

无数奇妙的事实规定了感情的倾向,
人,不能不先天地眷恋海洋;
为此每个人的枕边都配给了一只螺号,
它日夜奏鸣,将我们的命运歌唱:
它号召冒险,它使人热血激荡,
它呼唤勇敢,它帮人战胜风浪。

然而,假如你的一生始终困居陆上,
我劝你也不必暗自悲伤,
须知,山正是造物的露骨暗示,
山的呼吸同样磅礴、细腻而绵长;
海是山的液化,山是海的凝浆,
山,肯定会赐给你以海的梦幻与联想!

第二乐章

三十六年前,生活对我发动了第一次逆袭,

我不得不告别望城岗①,仓忙离去,
懵懵懂懂,就一头扎进了波涛,
轮船上挂着英商怡和洋行的彩旗;
我大概是一只莽撞的旱鸭子,
对,旱鸭子毕竟是鸭子,它不怕水。

这是我生平第一次与大海相遇,
黄海水黄,东海水蓝,南海水碧,
大海们各自穿起了不同的礼服,
我却显得这般寒伧,衣衫褴褛,
乘的是五等舱,没有床铺,没有座位,
一条条破毯子分割了可怜的势力范围。

望远方,水天一色,不辨东西,
看脚下,所有的通路都已封闭,
凡是上等人的地方,你绝对不能触及,
哪怕是光秃秃的甲板,也成了禁区;
不错,我们和书本上描写的"猪仔"不同,
我们是自愿掏钱买票蹲了监狱!

于是,两侧的四处舷梯变成了圣地,
大家,像朝觐麦加一样往那儿拥挤,
有的悄悄弹几滴泪,有的低低叹几口气。
然后又踅回来,敲打着铁的墙壁。

---

① 望城岗,在南昌市郊区,作者当时就读的大学所在地。

我呢,我却想象着海鸥怎样绕着桥塔翻飞,
我是革命者!我有神圣的目的!

然而,我也是人,人的弱点我一应全备,
我想家,双亲的白发常在眼前摇曳,
自我出走以后,他们度日如年,怎生将息?
最不放心的是,怎么打发那帮催命的魔鬼?
原谅不孝的儿子吧,我别无选择,
普天下的父母谁不盼着与子女团聚!

船到终点,码头上珠光宝气,
啊!这就是那个闻名已久的殖民都会!
我的心猛烈地抽搐起来了,
人海茫茫,人海比大海更充满危机,
我必须奋力向前游,我必须找到自己人,
我必须和那个英勇的组织接上关系……

第三乐章

我终于有了一个栖身之处,
紧挨海滨,一幢带骑楼的房屋,
二楼是琼崖纵队受训的白衣天使,
三楼是流亡学生,来自四海五湖,
人人有类似的经历,人人都见面熟,
通姓报名才罢,彼此就亲如手足。

天气倒对我们这一群十分照顾,

冬天说不上冷,夏季更好对付;
两张课桌一并,便是床铺,
长途奔波之后,躺下格外宽舒!
手头没有任何多余的身外之物,
两件换洗衣服,几本心爱的书。

应该算作标准的无产阶级了吧!
可是,良心却在顽固地高呼:不!不!
的确,为什么静夜里听到的海誓声声,
竟也会带来布尔乔亚式的感伤与凄楚!
我大睁双眼,思想如同潮汐,
却卷不走该死的个人主义尘土!

我承认,我居然考虑过自己的出路,
尽管理智上我懂得完全取决于革命的前途;
过街偏偏开了一所肮脏的夜总会,
寻欢作乐的男男女女正在搂着狂舞,
洋琴鬼通宵达旦地吹奏靡靡之音,
霓虹灯变幻明灭,把幢幢魔影投上天幕……

这儿一切都是商品,一切都属于货主,
连海都被收买了,海把自己变成了奴仆,
会歌唱的奴仆,会吟哦的奴仆,
像一名宫廷诗人那样为陛下服务!
这悠长的海韵难道不是伴奏么?
海呀,海呀,您为什么仿佛入了一股?

今天,我要跪下,乞求海的宽恕,
那时候我年轻,我幼稚,我太糊涂,
我因恼人的失眠而迁怒于您了,
我竟敢对您产生了隐隐的厌恶,
海啊,如果不是您的豁达和大度,
怎么能奢望尔后再得到您的爱抚?!

第四乐章

这颗帝国王冠上的明珠是个弹丸小岛,
要去大陆飞地五分钟轮渡便到;
我们的秘密接头地点选在尖沙嘴的一角,
因此几乎每天都有机会驾御波涛。
波涛!波涛!心潮起伏如波涛!
革命啊,人生啊,愿你永不抛锚!

气球升起来了,那是台风的警告,
即便这样,我也得按时过海汇报;
"你是灯塔,照耀着黎明前的海洋!"
只有我低声默唱,而别人全在祈祷,
我发觉我越来越像个水手了,
不怕死,不信邪,紧张而又逍遥!

可惜我多半不曾乘机去仔细观察比较,
就这小小的一湾地槽,的确说不上浩渺,
然而事实证明,我是错的,

只要是海,就充满男子汉的高傲粗豪,
一旦您因为什么动了肝火,
那么听吧,您用多么大的嗓门咆哮!

同时海又多情,柔顺起来像一只小猫,
您会调皮地和人戏耍,舐弄人的手脚,
更多的场合您宁愿表示粗野的爱,
您的亲昵是颠簸,是甩打,是撕咬!
革命和人生不也正是如此么?
有时候难免误伤,我又怎能计较!

自从离开那座五光十色的港岙,
我的星辰走的一条什么轨道?
天路坎坷,浓云无端又把我笼罩,
海去了哪儿?还有你的精魄、歌哭和阔笑,
海啊,我想接触您的温暖或者冰凉啊,
不论是扬帆落帆,不论是涨潮退潮……

实在要感激海啊,您给了我不沉的鱼脬,
到底我是海的生物呀,有特殊的构造,
实在要感激海啊,您给了我多血的肝脑,
到底我是海的儿子呀,有磊落的情操;
海啊,别抛弃我,让我一直沿定您的路标——
鸣雷作号,掀浪当纛,踏虹为桥!

第五乐章

果然我被投入老君炉似的深山,
而且一炼便是整整二十一年,
年年都有三百六十五天,
只好天天在梦里与海相见,
海啊,海啊,我对您愈来愈加思恋,
海啊,海啊,但愿我能经得起熬煎!

不知何故,我常常回想往事一段,
它发生在基隆港外,那无风三尺浪的台湾海面,
大概是为了卸货或者上客,
我坐的那艘轮船开始慢慢地靠岸,
弄不明白为什么突然敞开了所有的出口,
一口气我们跑上甲板,就像放风的囚犯。

嗐,天是这么蓝!海是这么宽!
真教人头晕目眩,心跳腿软!
猛听得有谁发出一声绝望的呼号;
"救命!"紧接着是一阵水花四溅,
什么人掉下海去了?莫非是五等舱的旅伴,
终于传来了更加凄厉的叫喊,终于寂然……

原来有一个庞大的鲨鱼群尾随在船的后边,
它们此刻得到了一顿意外的美餐;
船员们赶来收拾那闯了祸的钢缆,

吐着唾沫咒骂着,草草将它卷成一盘,
伙夫照旧往海里倒残汤剩饭;
面目阴沉地说:吃吧,撒一点胡椒面!

我望着海面上的血泡渐渐消散,
叹息着死者受了命运的暗算,
灾难总是这样躲在什么角落窥伺,
说不定它用残酷的代价出卖一丁点喜欢,
原来,当人在忘情追求光明的一刹那间,
往往都会不注意脚下的羁绊。

我自己又怎么样?一跤摔得好惨!
摔掉了青春,摔掉了诗篇,
痛定思痛,才发觉痛苦结了一张厚茧!
它是心灵之盾啊,盾上铭刻着我们的信念:
好吧,现在身在深山,那就化作山涧,
还是要向大海!大海绝不会拒绝细流涓涓……

并非最后的乐章

去年我漫游旅大,今年又登临烟台,
于是,我有幸结识了美丽的渤海;
渤海水别有一种少女的风采,
脉管隐隐发青,肤色微微泛白,
这样,我就走遍了祖国所有的海了,
从南到北,四个海却共着一个爱!

盐场的海水为了结晶而忍受曝晒,
养殖场的海水不停地喂养珍珠抚育海带,
还有大陆架上林立的油气钻塔,
哦,这儿是祖国起飞的平台!
我还眯起眼,欣赏过远洋航行的巨轮,
水上的城堡,世袭了龙的气派!

我也赞美这一座一座的浪峰,
此伏彼起,展开了友谊的攀登竞赛,
我也赞美那一个一个的波谷,
大起大落,积蓄了力量又卷水重来,
我更赞美意志的坚强永不衰萎,
我更赞美生命的律动永不颓败!

什么是真正的福音书?是海!
什么是真正的启示录?是海!
如果世上一定需要宗教,
又何妨提倡海的崇拜!
所有远航过,搏斗过,甚至呕吐过的人有福了,
形象的记忆将永远与海同在!

我要把颂歌献给您,博大的海!
我要把颂歌献给您,深沉的海!
我要把颂歌献给您,愤怒的海!
我要把颂歌献给您,仁慈的海!
我们当然应该感激您的慷慨,

我们更加应该继承您的襟怀!

您酿造的负离子,保证了世界不会变作尘埃,
你所升华的瑷碡,一直是滋润万物的鲜奶;
海啊,我并不祈求什么鲲,什么鹏,遨游天外,
我只关心一点,您的灵魂能否移栽?
因为我仰慕恩格斯,他最早觉悟了您的真谛,
他让自己的骨灰,复归于万里澎湃!

      1984年6月14日 在烟台写下第一大段
      1984年8月20日—8月26日 在合肥续完

刊授大学之歌

有一扇红色的大门，
向着所有的心灵开放；
不要围墙！
不要围墙！

有一座绿色的大厦，
朝着无限的天宇生长；
满怀希望！
满怀希望！

有一支远征的队伍，
在飞翔中锻炼翅膀；
战胜风浪！
战胜风浪！

有一种追求的脚步，
在开拓中轰然震响；
认准方向！
认准方向！

亿万勤奋的人民，
拥抱坚定的信仰；

我们同志!
我们同窗!

雄伟壮丽的江山,
崛起在世界的东方。
迎接春光!
迎接阳光!

织一幅时代锦绣,
用你的青丝,用我的鬓霜;
国家兴旺!
国家兴旺!

谱一首神圣的乐曲,
献你的赤胆,献我的热肠;
前程无量!
前程无量!

1984年9月3日　合肥

凤　阳

我愿为您设计一枚城徽：
一面花鼓，
两根鼓锤，
背景是一座黄金的粮堆。

请用稻花装点您的鬓角，
请用麦穗包束您的垂髻，
但是不必擦去
那挂在眼角的一滴清泪……

苦夏的贝多芬
谱写了命运交响曲；
金秋的贝多芬
谱写了欢乐交响曲。
难道这不也正是歌唱您吗？
大悲，大喜，
截然不同的旋律！

凤阳啊，我毫不怀疑
明天，您肯定会有
少妇般丰盈的美！

　　　　　　　　　1984 年 5 月 12 日　石家庄
　　　　　　　　1984 年 12 月 15 日　改定于合肥

远去的帆影

不要追问,
那浩漫的江水
为何溢出地平线,
溶入一片空蒙?

  哦,微茫了,微茫了
  你的多情的歌声……

不要搜寻,
那悸动的粉翅
为何吸住海浪花,
化作蜃楼幻景?

  哦,徒劳了,徒劳了
  你的美丽的眼睛……

不要思忖,
那失落的好梦
为何竟迢递无涯,
又厮磨于耳鬓?

  哦,我感激,我感激,

你的呼吸是我的风……

不要评论，
那难忘的启碇
为何竟这般惊慌，
又如此之宁静？

哦,你知道,你知道,
我的铁锚是你的心……

1985 年 1 月 27 日　合肥

序幕已经拉开

反正大家迟早都要登台,
你,我,他,谁也不能例外;
每个人必须是真实的自己,
因此,历史明令禁止涂抹油彩。

对话中爆发了争吵又有什么可怕?
动感情的争吵倒是一种愉快!
最可恶的是表面上乱抛飞吻,
背地里却在盘算出卖和陷害。

假如才演罢第一幕就宣告砸锅,
怎么有脸去向总导演做出交代?!
那时候也许我只得逃走,
躲进什么角落继续悲哀的独白。

1985 年 1 月 27 日　戏作于合肥

我的贺年片

我有一张贺年片,
我将把它寄往南极圈,
这一面写下我的祝福,
那一面写下我的思念。

我不寄给那儿的企鹅,
尽管它穿着纯黑绅士礼服,配上洁白衬衫;
我不寄给那儿的海豹,
纵使它翘起挺神气的胡髭,简直道貌岸然。

我只寄给我的兄弟,我的孩子,
我的五星红旗冻不翻,
我的一整段民族的脊梁骨——
南极中国长城站。

我是多么愿意变作十字星啊,
温暖那寥廓的雪地冰天;
我是多么愿意变作乔治岛啊,
拥抱那小小的新居民点。

甚至我不妨变作大风暴,
甚至我不妨搅动民兵湾;

请原谅,那正是我的别一种爱抚,
请理解,那正是我的强化的磨炼。

我向着南方高声呼唤,
我相信,你们准能完全听见,
用不着通过什么地球卫星,
我们的心上本来就有热线。

我向着南方高声呼唤,
我盼望,你们早日起锚凯旋,
带着你们为和平搜集的数据,
带着你们向人类作出的贡献。

我有一张贺年片,
我已把它寄往南极圈,
这一面写满我的祝福,
那一面写满我的思念。

1985 年 2 月 16 日夜 12 时　合肥

三　月

我的生日在三月，
我感谢上苍。

我感谢上苍，
杏花也在三月开放。

杏花。三月。
酥雨。南方。
也许,我和杏花是双胞?
至少,杏花和我是同乡。

软软的小雨,
暖暖的小雨,
甜甜的小雨,
像一缸一缸
新开封的家酿。
花菁荚咂巴着红嘴唇,
雨里流着酒香。

软软的雨啊,
暖暖的雨啊,
甜甜的雨啊,

终于化开了
那一疙瘩无限大的
　　蓝幽幽的
水晶冰糖。
真好!
万里无云!
一片晴朗!
首次春游的鸽子,
开始结伴翱翔……

这时候,我的肉体
伫立屋檐下张望,
张望,我的灵魂
正领着鸽子翱翔,
翱翔,
翱翔,
有罪的肉体在地下,
自由的灵魂在天上,
还有鸽子,成群成群的鸽子,
他们混声大合唱:

三——月——啊——
愿你更比一年长,
愿你更比一年长!

1985年4月7日　合肥
写于拆换自来水管的叮当声中

闲　谈

一

在下并非唐代的高僧①，
割断了杂念，
废弃了俗姓；
栽一片属于自己的芭蕉林，
掩映着小庙的山门。
我也愧对杯盏，
更不敢嗜酒如命；
怎么能饱蘸墨汁，凭借酒力
往阔叶上挥洒、驰骋？

我更不是朝廷的命官②，时时刻刻
对姓李的皇上一片忠心；
我做梦也不曾见过安禄山——
那个飞扬跋扈的肥胖的将军，
统领着几十万西域胡兵；
尽管，我同样有报国的赤诚，
不亚于这位被叛徒缢杀的大臣；

---

① 指草圣怀素。
② 指颜真卿。颜体宗师。

无奈我人微言轻,
根本不可能号令州郡。

不错,我喜欢他们,
喜欢和尚的狂草潇洒,
喜欢学士的楷书雄俊,
但是我更赞赏的是
他们高洁的品性——
一个落落淡泊,
一个仆仆风尘。

真怪!仿佛我是
被他们千载之后物色的徒子徒孙,
在我渺小的肉体上,
摄附着他们狷介的游魂。
因此,每逢隆重的场合,
我总是将字儿一笔不苟地
写得就像直接从帖上摹临,
那样严整,
那样端正,
甚至,还有一丁点儿
笨拙和拘谨。
然而,每当我个人独处,
又面对诗泉的井喷,
我便如醉如癫,运笔随兴,
纸上飞动着

感情的骤雨暴风……

的确,我是急性子,

这一层我从不否认,

干什么都匆匆忙忙,

既又吁又喘,

偏不歇不停,

好像,在前面等着我的

还有更加紧迫的事情。

于是,我的每一页底稿上

都奔走着无羁的野马群,

颜体,只供书写题辞和铭文。

啊,二位至尊,

我可否冒昧一问:

你,为什么使矛?

你,又为何使盾?

快与慢,

飘与稳,

浪与堤,

炭与冰……

为什么都令我腰折心倾?

追求融于一炉,

希望集于一身,

连我自己也惊叹了,

这造化神妙的奇景!

假如,我不被算作诗人,

我一定苦苦修行——
笔锋上练气功，
砚池内学游泳，
碑碣中建筑长城，
宣纸上横扫千军！

二

画是不能看的，
要听；
必要的时候，还得
闭上眼睛。
是谁在月下挑琴？
是什么花间啭鸣？
松涛，灌满耳鼓的松涛。
岩泉，溢出指缝的岩泉。
几丛芦芽，
一片芫青，
也蕴藏着（你信不信？）
拔地而起的生命之乐音。

哪个在轻轻喟叹？
悠长，
深沉，
穿透灯火微明的窗棂，
简直能感觉到
眼神、鼻息和体温！

大笑,或者微哂,
悲恸,或者含颦,
还有那躲在它们背后的
天下第一怪物
　　　　　——命运;
命运被拖到光天化日之下,
现了原形。

雁翅划破云影,
带走长唳,
却遗赠一支短翎;
南去——秋深,
北归——阳春,
方位,季节,一切的一切,
全看你的心境。
或者雨打蓑笠,
雨打铁皮的屋顶,
阁楼上传来了
由于潮湿而显得滞重的钟声,
庙宇和教堂都在祈祷吧,
讽诵着无法理解的经文。

还有海上风景,
还有流放和绞刑。
还有在战场上收割首级的死神。
当然,也还有狂欢的节日、市井。

也还有繁文缛节掩盖的阴谋、宫廷。

一切都靠立体的结构,
一切都靠平面的铺陈,
一切都说明平衡与不平衡,
一切都说明均匀与不均匀。
一切都通过黑与白的对比,
一切都通过诸般的色彩缤纷……
哦,所有的绘画都是魔术师,
哦,所有的绘画都是梦!
不要求解释,
不要求清醒,
强调的是耳朵,和
耳朵里的悟性。
啊,人生的真谛!
啊,历史的进程!

于是,我努力练习素描,
我调换各种角度
捕捉石膏像上的明暗区分,
我向齐白石和毕加索请教,
我参加不同的流派
同他们的对立面辩论……
我完全入魔了,
着迷于纸上的和布上的线条和图形;
然而,无论是纸或是布

都拒绝执行我的命令。

我绝望了,
我生气了,
我只好用诗去描写这个世界,
用诗去画自己的心,
啊,难道这也叫作——
"愤怒出诗人"?!

1985 年 4 月 13 日　合肥

黄 鹤 楼

羽化的仙客当骑鹤归来——
人间又有了更高的楼台；
让我们掰着指头细数吧，
笑谈如今是几千几百载。

伸臂栏外且把长江轻拍，
回首座中可有崔颢、李白？
扫净悠悠的万古愁绪吧，
全中国在歌唱新的时代！

1985 年 4 月 18 日　合肥

竹 林 日 记

我猜疑,
普天下的竹子
相约来这儿团聚,
一万竿,十万竿,百万竿,
欢乐而不疯狂,
拥挤却又规矩;
这般端庄,
这般安谧,
这般凝重,
这般俏丽,
好一群
有教养的处女!

清风姓徐又名徐,
担任乐队指挥,
所有的叶簇同时吟唱
一支祖传的家族小夜曲;
主旋律是绿,
韵是露滴。

近处的潺潺涧水,
偎依着,说着悄悄耳语:

神秘，
殷勤，
繁絮。
更有远方的云彩，
竟从天外扑来，
再也不愿离去，
野性的爱情爆发了，
搂定这满山翡翠。

太阳从来是宪兵，
坚决维持秩序，
（他总是怕出乱子！）
无奈，不中用的金箭立刻被熔解，稀释，
东南西北变作了
闪光的
软雨……

1985年5月14日　泾川山庄

芭 蕉 问 答

咦,芭蕉!

初来的时候,
你真小,
淘气地
向我伸着一个手指头,
"我会长得风快!
叫你不敢预料!
不信,打个赌,
来,咱俩勾一勾!"

日历
是一只变形鸟,
长着一百八十对翅膀,
说飞,就飞掉。
如今,我推开窗子,
天哪,快来瞧!
水灵灵的婵娟
抛着三方绿绡!
悠悠,
　　就这么悠悠地飘,
　　　　　款款,

就这么款款地摇。

"认不得了吧?"
一个劲儿地憨笑;
仿佛有谁胳肢你,
周身瑟瑟乱抖。

啊,芭蕉!

1985年6月4日　泾川山庄

栀子花忆旧

是不是那朵栀子花?
雪白雪白的
六个瓣儿的
嵌着一颗金子心的
栀子花。

是不是那朵栀子花?
雪白雪白的
六个瓣儿的
香得能把自己醉倒的
栀子花。

我的开满了栀子花的故乡呀,
我的开满了栀子花的童年呀,
就连天真无邪的游戏
也是开满了栀子花的呀!
你可记得那个男娃娃?
当你挑了半天不中意,
当你开始噘起小嘴巴,
他却从地下冒出来,
随手一戳嘻嘻哈哈,
"这朵最好,最大!"

你也立刻就同意了,
并且命令他替你簪插:
"那,
你就扮新郎吧!"
哎,你吃亏了!
他可不是个老实疙瘩!
插着,插着,
便亲了亲你的秀发。
("呔! 干啥?"
"好闻嘛!")

想必,该有人管你叫奶奶?
想必,孙女儿学会了玩儿"嫁嫁"?
想必,你也会从流水中打捞起昨天,
多么近! 一扭头就能看见他!

唉,云烟变化
生生灭灭的世上,
怎么会有这许多
永远也开不败的
栀子花!

1985 年 6 月 16 日　泾川山庄

碎 月 滩

·歙县·

槛外一条溪,几回流碎月。

——李白

一阵眩晕,

便飞度亿万个世纪;

该当蘸多少光年,

才能将这片艳阳

翻译,

且令我不认识的灵魂

于溶溶月色中

感到惊喜和战栗?

我相信,那时候,

天上肯定仍将飘浮着一个球体,

是的,一个球体,

充满了

乳白的、多汁的、永恒的TNT;

她炽热而冷寂,

她坠落复升起,

她摇曳

皎洁的旗,

同时她摇曳

向往净化的一代一代痛苦的人类,

无奈何,却不断地

被这滩声击碎……

多么温柔的弹片!

纷纷,嵌入历史的记忆:

三分惆怅,

七分忧郁。

啊啊,破碎了的

往往比完整着的

更美丽。

        1985年7月13日—7月14日 屯溪

桃 花 潭

·泾县·

桃花潭水深千尺,不及汪伦送我情。

——李白

现今桃花潭人,自称外来客户,但我不信……

这里所有酿私酒的,
该都是汪伦的后裔:

既有山岳般的醪稠,
复有流水似的柔腻;

知音者终于离去了,
你们乃沉默如甘曲。

1985年7月15日—7月18日　屯溪—泾县

敬 亭 山

·宣城·

相看两不厌,只有敬亭山。

——李白

千里江南,
缥缥缈缈烟雨间,
香火四百八十寺,
为何
单单眷爱敬亭山?

有谢朓,
代立言:

诗心回归大自然,
解渴充饥
啜碧泉,
人生孤独一百年,
抱膝长吟
伴青峦。

垂询投林的飞鸟

可疲倦?
仰慕出岫的白云
忒悠闲!

日边的迁客,
上界的谪仙,
长安记不得他,
他也忘了长安!

　　　　　1985年7月17日—7月18日　泾县

山葡萄素描

胡子巴茬,
再配上毛糙的手掌脚掌,
你这粗野的山汉呀,
竟醉红了肚肠,
就这样,仰面朝天,
躺倒在地上。

我敢断定
你偷酿私酒,
(酒还特别香!)
但我也愿担保
你没有钻税务局的空子,
开锅经商,
你只是无偿地
奉献琼浆,
假如有谁不幸
被逼流浪。

1985年8月18日　合肥

神 秘 电 话

1985年10月,住某宾馆,一日傍晚,忽接无名氏电话……

——715吗?
——是的,您找谁?
——先生,你叫我吗?
——叫您?! 您是哪一位?
一个女人!
恶之华?
咸水妹?
普通话不纯,
带点港味。
……轻轻一声喟叹,
若游丝,飘然逸去,
几乎让我窥见了
低垂的眼,紧敛的眉,
还有,放下话筒那份儿迟疑:
既习以为常,
又不免怨怼。

我却遭了雷殛。

哎呀,为什么这样冷?

我的头,我的肩,我的胸,我的背,
直觉得置身于旷野,
哪像在室内!
风从四面八方来,
呼唤着一个记忆:

社会主义的热血青年!你!
三十年前,
电影院里暗饮泣;
《姐姐妹妹站起来》
赚去了多少纯净的眼泪?
蒸馏水一般,是凝结着的当时的空气。

1985 年 10 月　于广州

六个乐章的海洋组诗

第一乐章:钱塘潮

每年逢农历八月十九,
每年在浙江钱塘口外,
中国的,也包括我的灵魂,
总要遭受锤击,总要化作尘埃;
——陡然间,十万个大海
竟同时壁立并且扑了过来,
它们鼓噪喧哗,齐声呐喊,
说什么再也不能忍耐,
因此,既不摆鹅步的方阵,
更不列蛇行的纵队,
只是一个劲儿地疯狂拥挤,
挥舞着碧绿的胳膊,唾沫四溅,
　　　　举掌猛拍;
呔!开开!开开!开开!
中国!快将您所有的门窗打开!
您酣睡得委实太久太久了呀,
差不多白白糟踏了千百载!
而生生不已的万事万物,
几曾将您沉重的睫毛轻掰?
您不是号称巨龙吗?

为何不睁眼看看世界?

我知道,农历八月十九,正是飘浮在
公历九月上空的最后的云彩;
多么赏心悦目的季节啊,
各色的菊花迎着金风摇摆,
一切都被汗水泡熟了,
不论是豆、菽、稻、麦,
这岂非自然给予的启示?
这岂非自然给予的关怀?
于是,巨龙终于怦然心动了,
并且唤醒了自己的全部血脉;
被染得彤红的十月一日,
难道应归功于上帝的安排?!
不!中国决定要染红自己的
每一个白昼和每一个黑夜,
中国从此要和太阳一道飞升,
沿着预定的轨道将自己的命运主宰!
中国从此也要和太阳一般微笑,
或者和太阳一样怒发炸腮!
用百分之百的纯粹人间的方式
解释人间的恨和人间的爱!……

第二乐章:舟山岛

渡过了浪与涌、梦与幻的困扰,
舷窗外,浮过来一座列岛,

这就是您吗？舟山！

我必须高声致敬：早啊，您早！

舟山啊，是谁给您起的名字，这么好！

船一般的山，山一般的船，

怎么说都完全合理，

怎么听都绝对美妙！

我立刻上岸飞跑，

同一时刻去向两位司令员报到：

一位统帅着庞大的舰队，

正威风凛凛地立定舰桥；

一位带领着众多的渔船，

正汗水淋淋地指挥起锚。

马上我又把自己一劈两半，

一半擦炮筒，一半把鱼捞，

那半个我爱这半个我的充满火药气味，

这半个我爱那半个我的发散鱼虾腥臊，

"瞧！从今而后，我也有了舟山的户口！"

两个我合而为一，这样齐声欢笑！

可惜，我们的渔船还很落后，

还不能开海上工厂制作罐头；

可惜，我们的舰只吨位也小，

还不能去天涯海角巡逻放哨，

正是围绕着这一点，我一再听见了

舟山向祖国的恳求和央告：

快建设！快装备！快富强！

它的话语简直有一点儿絮叨……
不过,祖国丝毫也不介意,
倒是绷紧了每一根神经末梢——
那些会议上的争论,热热闹闹,
那些图纸上的笔尖,画画描描,
那些烟囱里的黑烟,依依袅袅,
那些轧机里的钢条,弯弯绕绕,
我深信,这一天必将来到,
船舰更多,更大,更新,
甲板更厚,更宽,更牢,
坚强的舟山经得起十二级风暴!
哪怕人类必须再经历一次创世纪,
拯救诺亚的方舟也可以把她依靠!

第三乐章:黄浦滩

电视发射塔是根擎天柱,
支撑着这如盖的穹庐;
飞快的电梯载着我上升,
仿佛此去是执行宇航任务。
我从天外鸟瞰我们的大上海,
好一幅壮观美丽的画图!
白云呀,绿树呀,红的黄的黑的屋顶呀,
统通在烟雾渺茫中飘浮!
什么二十四层的国际饭店,
什么三十一层的上海宾馆,
都不过是儿时玩耍的一堆色彩斑斓的积木!

大上海果真名不虚传,

不仅大,大得能望掉眼珠,

不仅上,上得能攀住星宿,

而且海,海得能万国争渡!

这才是我亲爱的黄浦滩,

属于中国人民的庄严门户!

命令一万个诗人歌唱您吧,

写一万首颂诗犹嫌不足!

从塔顶放眼望下界云雾,

依稀能辨认出列位仙徒,

西北角立的金童,生气虎虎,

东南方倚的玉女,腰肢楚楚;

一个举黝黑的巨臂挽住金炉,

一个伸雪白的纤手捧定玉壶,

金炉炼就了红玛瑙,

玉壶喷洒出白珊瑚,

我终于记起了他们的方位,

岂不是宝山和金山两颗夜明珠?!

还有多少家工厂在锻造、切割和喷射?

一声声全好似笙箫锣鼓!

这当然是九重天上的仙乐,

虽则它们选择了回音反射的角度。

啊,总也没有尽头的指标和目标,

啊,总也没有极限的奇数和偶数,

变化着的是人心、观念和愿望,

又岂仅是发型、衣饰和舞步!

听！黄浦江开始为我抚弄起琴弦，
要和我一道赞美这现代产业的首都！

第四乐章：古商港

我来到了后渚码头，信步徜徉，
淤积的泥沙竟使我的眼睛大受损伤，
真的是您吗？曾经交通万国，芳名远扬，
如今却成了浅水一湾，死城一方！
必须承认，我几乎产生了迷信思想，
后渚啊，当年您起的名字就不大吉祥！
后——渚，不正是后——堵的谐音吗？
然而我又忿然，为何依旧堵在需要您的时光！
我抚摸过那条从您海底挖出来的沉船，
那气魄，那威仪，和我们的泱泱华夏多么相像！
不但木材全部选用了坚实耐沤的松、樟，
而且残存的底部竟有9.15米宽，24.2米长！
这件事岂但论证了祖先的高超技艺，
而且论证了祖先的远大理想！
那么多的胡椒、香料和玳瑁，
争着宣布您曾下过南洋西洋！
那么多的标注外国地名的竹签木牌，
争着报导您接待过异域胡商！
后渚港！泉州港！彩色的历史插图，
东方第一大港！光辉的历史篇章！

不过，我毕竟应该感谢上苍，

在后渚的废墟上夯实了我激进的思想,
开放!开放!唯强大者敢于开放!
开放!开放!唯自由人追求开放!
开放!开放!信心象征着力量!
开放!开放!友谊建筑起天堂!
没有什么好害怕的,包括肮脏,
顽固地嗜洁成癖,怎配称作海洋。
此去不远,龟山上勃然竖立的所谓石笋,
无疑是生殖器崇拜的图腾偶像。
既然帝王们和可汗们连这个都不禁忌,
我们又何必把迪斯科认作虎狼!
想当年在泉州,同时也在别的地方,
哪儿没有各异的肤色、语言、服装、宗教和墓葬?!
放手变革吧,不要再犹疑彷徨!
大胆前进吧,不要再东张西望!
这就是古海港给我们作出的结论,
这就是古商埠给我们树立的榜样!
啊,泉州,我们也许是失去了您,
作为口岸,您大约已不幸死亡,
然而请看,我们不但设立了经济特区,
而且拥有了十四座勇敢的海港,
他们都是古城刺桐的化身!
他们都是涅槃再生的凤凰!
或许还可以说,所有凤凰中为首的正是党中央,
你、我、他,十亿只凤凰理当跟定她飞翔!

第五乐章:相思海

我坦白,在这首诗里我要谈情说爱,
但绝非倾慕于大家闺秀的万方仪态;
然而我的爱是如此之广袤深邃,
泛滥成一片汪洋,一片相思海。
首先,让我描写这相思海的小小一角,
然后我再领你们投入她的胸怀。
在厦门,也就是古来称作思明州的地方,
我曾经虔敬地将郑成功庙参拜。
登上日光岩,迎面又遇上他的水操台,
离水操台不远,还有一座水军寨;
郑成功当年在此统军演习水战,
寨门旁的相思树们因之而历久不衰。
郁郁葱葱,朦朦胧胧,亭亭盖盖,
老年斑与少年心结合得和谐而又古怪;
我还仔细观察过它们的体态相貌,
更惊叹那无数的枝干竟指向日出的所在!
哦,强烈的灵感之波涛将我席卷而去,
一秒钟内我便飞越海峡,攀住了对岸的悬岩;
那边的悬崖上却丛生着朝西的相思树,
啊啊,一双双温柔的手臂抱着温柔的海!

凭栏眺望大金门、小金门、大担、二担与三担,
我仿佛摸着了一根裂断的脐带,
忽然间这脐带又有了生命,

变作了嬉水的淘气小男孩；
只见他扎一个猛子潜入水底，
换气的工夫便到了外婆的澎湖湾。
澎湖湾啊澎湖湾，外婆的澎湖湾！
哎，几时我才能去将含恨老死的外婆安埋？
咦，这就是今日中国之相思海，
隔海相望，两地相思，却不能相亲相爱！
有一位闽南长者告诉我一个动人的故事，
话题离不开对延平王郑氏的缅怀；
据说郑成功收复台湾的那天，
高山族酋长进了十盘贡品，表示拥戴，
揭开红缎子，五盘是珠帛，五盘是泥块，
郑成功还礼如仪，跪倒尘埃，
他流着泪收下了宝岛的山野泥块，
却辞谢了价值连城的钱财：
"国家社稷，赖土以存。"他说得何等慷慨！
是啊，海下面也是土，何况还是相思海！

第六乐章：中华魂

假如屈原涉过云梦泽来到珠江口，
那么，我坚信，他将重写一篇《招魂》；
招谁的魂？招中华民族之魂！
魂在何处？魂在虎门！
我一步一注目，三步一鞠躬，
胸中激荡着悲愤的乱云！
当我登上了沙角和威远两座炮台，

耳边便响起了古战场的喊杀声。
有一处炮位单另起了个捕鱼(夷)台的美名,
更透露了战士的机智、幽默和必胜信心。
面对着这一切,我不禁高声大叫:
林则徐!我的广义上的革命同志!
您爱的和我爱的是同一个国家,
您恨的和我恨的是同一个敌人!
我引您为我广义上的革命同志,
理由不止于此,还有更广泛的涵蕴;
您对祖国献出了一颗赤子之心,
您不在乎个人的宠辱俯仰浮沉!
对于侵略者您虽然坚决主张紧闭国门,
您却亲自搜集外情,虚心学习先进!

有一个日本人评价十分公允,
中国的林则徐触发了日本的明治维新;
最可恼前清皇帝昏庸,大臣颟顸,
倒是耽误了自家兴利除弊的历史进程!
"苟利国家生死以,岂因祸福避趋之!"
您终于被流放了,发配新疆充军……
我自豪,我曾为了将您的足迹追寻,
在霍城,有幸承受过您手植大树的庇荫。
如今我要说,您不仅是民族生存之魂,
您还是民族发展之魂,
一部血写的中国近代史,
开卷第一页,便赫然填满了您的大名!

您睁眼看世界,冷中有热,热中有冷,
谁友谁敌?孰恶孰善?您心底最为分明;
战友啊,在伟大的现代化征途上,
您,始终和我们携手并肩,结伴同行!
猛醒!猛醒!真正的猛醒!
前进!前进!永远的前进!
万一有谁厌倦了,颓废了,就叫他望望虎门,
那披星戴月的是谁?——崇高的精灵!

1985年11月18日夜—11月20日 晨
广东南海西樵山白云楼

寿巴金同志

去年,我在上海治疗眼疾,11月间,曾由小女搀引,去到您的家中,当面致以八十华诞的祝福;如今,却只能在合肥写诗遥拜了。尽管您说过大意如下的话:人活得时间太长,这本身就是一件可悲的事情。但是,我们仍旧强烈地要求:为了人民,您必须努力活下去。在这一点上,也许我们是自私的,然而又未必;因为,一切不怀偏见的人都明白,甚至您的痛苦也是文学的财富……

浓茶开始变淡,越来越淡,
啊,喝掉您多少黄金时间!

我们抱歉着,向主人表示告辞,
您也站起来,另寻感情的位置。

打窗户往外看,有暗褐的草坪,
枯叶儿委地,那是蝴蝶的精魂。

它警告世界,又面临荒谬季节,
深秋和初冬,正在捉对儿撒野。

小林①急忙赶来,举着一顶绒帽,
"戴好再出去吧,北风尖得像刀!"

于是您立定,比乖孩子还更温驯,
仿佛您不再是老父,她倒成了母亲。

多么美丽的动作!逼人泪眼蒙眬——
女儿抚拍父亲的头颅,宛如肖珊②入梦!

是的,只要保住这一团银白的火光,
冯老太爷③纵然铰掉辫子也无处躲藏。

最耐人寻味的是您傍着铁门紧紧一握,
良心!半是坚硬金属半是温柔血肉。

1985年 合肥

---

① 小林是巴老的女儿,现任《收获》副主编。
② 肖珊同志是巴老的妻子,一位坚强的、贤淑的、未能陪伴丈夫走完人生旅程的战友。请参看巴老的名篇《忆肖珊》。
③ 冯老太爷,冯乐山,是巴老名著《家》里的一个伪君子,封建余孽。

咏 歙 砚

有青玉之波纹,
莹润赛烟水晶。

炎夏衔一块冰,
寒冬能扪着体温。

墨锭因你而变形——
粉身碎骨一段情。

猬毛因你而柔顺——
通体只剩尖嘴唇。

与宣纸相配伍,
更显出东方精神。

写缠绵的诗歌,
拟慷慨之檄文。

谁说你宽不盈尺!
谁说你深不及寸!

别一种草莽大泽啊,

龙蛇俱是您儿孙!

1985年12月28日　病中

1986：历史的回声

颠倒的琴键
只能弹奏
错乱的乐曲

5月16日

看哪,大嘴!
看哪,魔鬼!
因了眼前的一幕,
全世界为之屏息!

谁?她是谁?
是五月吗?曾经
比天使更天使的五月?
为什么,为什么,
偏要把自己
装扮成山魈水魅?
头上
插了些断刀、破盔,
(来自硝烟未尽的阵地)
腰间
缠了些皮鞭、葜藜,

（拾自冤魂啾啾的牢狱）
并且，神经质地翕动
肉感的大嘴：
　　　红艳艳，
　　　甜腻腻，
　　　喘吁吁，
充满了
难以排解的情欲。

她盯着，盯着
铜铃叮当，木鱼乓乓的
灯火辉煌，法号嘹亮的
庙宇，
她盯着，盯着
一排排长生果似的
胖乎乎白净净的
僧侣，
看哪，五月！
看哪，大嘴！

　　　尽形寿不杀生，
　　　尽形寿不偷盗，
　　　尽形寿不淫邪，
　　　尽形寿不妄言，
　　　尽形寿不饮酒，
　　　贝叶经上，涂满了

如此这般的

戒律。

而五月照旧充满了情欲。

看哪,莲花!
看哪,菩提!
十年面壁,
波罗奈斯鹿野苑宫邸。①
看哪,佛陀!
佛陀,竟稀释于
五月的涎水。

高僧们和居士们,
无所皈依,
善男子和善女人,
哭哭啼啼。
看哪,香灰。
看哪,烛泪。

而五月照旧充满了情欲。

吃掉高僧居士。
吃掉善男信女。

---

① 释迦牟尼说法处。

吃掉贝叶经卷。

吃掉香灰烛泪。

去他妈的什么波罗蜜多①!

去他妈的什么到彼岸去!

看哪,五月!

看哪,大嘴!

而五月照旧充满了情欲。

充血的五月啊,

流血的五月啊,

失血的五月啊,

谁——之——罪?

4月5日

终于,

疏疏密密,

清明雨,

洒遍了

五千岁的大脑沟回。

濡活了

爬满龟板的

上古虫蛇尸体。

---

① 梵语,意即到彼岸去。

沤烂了
焦脆皴裂的
现代塑料韧皮。

白花一朵。
水酒一杯。
春风之舞。
冬风之祭。
三日三夜。
不吃不睡。
南风之舞。
北风之祭。
昊昊苍天。
默默无语。
熏风之舞。
朔风之祭。
纯粹乌合之众的百万人群。
绝对组织严密的祈雨巫仪。
天安门广场啊，
天安门广场啊，
天安门广场啊，
中国的
黄土地。

嘻嘻！
血一样的清明雨，

血一样的清明雨，
到底，
淅淅沥沥，
淅淅沥沥，
淅淅沥沥，
渗进了
黄土地……

那些用胸脯打断棍棒的，
那些用脊梁扫射水龙的，
那些用脖颈斫缺刀刃的，
那些用颅骨敲碎子弹的，
他们走了，
永远永远地走了；
留下足迹，
留下诗句，
留下一腔血气，
一宗不可妄动的
秘密武器……
（万不得已时，
又何妨落地一掷！）

啊，君不见
　　清明雨，
今年断，
来年续……

啊,君不见
　　清明雨,
这方缓,
那方急……

清明清明清明,
碧绿碧绿碧绿。
清明雨,
慈母泪。

10月6日

"这是政变!"
不必
动用测谎器,
立即就能鉴别
什么人在腹诽。

最高指示,
"不须放屁!"
请问:
何处有街垒?
几时曾血洗?
谁是挂错风信旗的老板?
谁是换上元帅服的准尉?

不也太健忘了吗?
一切的一切,
人民都做过总演习!
人民显示过
原始的神秘的只在某种图腾下才聚合的
　　伟力;
人民是天,
而天网终必恢恢。

尽管寒风料峭,
尽管街头巷尾,
一伙一伙的流浪汉,
开始商量归计。
爆竹。
酒杯。
欢喜
真是一种怪东西;
燃烧到沸点,
反而
凝结成泪滴……

啪嗒。
啪嗒。
一滴企待,
一滴焦虑。

嗟乎,光阴……
如白驹之过隙。

怎么啦?
牛仔裤太窄。
喇叭裤太肥。
《骗子》绝了迹。
骗子满天飞。
《天龙八部》。
霹雳舞曲。
友好船。
皇冠车。
公开通报。
小道消息。
透明的云翳。
密闭的玻璃。
吵架。
亲嘴。
鼓掌。
绊腿。
长出了无数犄角,
下死力彼此相抵。
忘记了
身上的脱臼和错位。
看不见
脚下词藻堵塞的沟渠。

当然,更不理会
邻居们正忙着压缩
星球与星球的距离。

据说,这些
全都来得及。

不过,也有人提议,
是否该考证一下
上帝的籍贯问题——
万一他真是犹太佬,
肯不肯发善心
再透支
一个世纪?

    1985—1986 年岁末年头,病中,合肥。

厦门：郑成功肩头月
——为《福建画报》作

上弦月溅作碎片，
飘泊，飘泊
到您的心田；
下弦月溅作碎片，
飘泊，飘泊
到您的心田；
温柔啊，您的心，
温柔赛血肉一般……
尽管，您本人，
本人已经是花岗岩。

  补缀吧，补缀，
  补缀起碎月片片，
  缺损处，
  甘用血肉多镶嵌——
    教人儿团聚，
    教月儿重圆。

前十五夜长相思，
盘桓，盘桓
在您的心田；

后十五夜长相思,
盘桓,盘桓
在您的心田;
缠绵啊,您的心,
缠绵胜抽丝剥茧……
纵然,您本人,
本人已经是花岗岩。

  绾结吧,绾结,
  绾结好相思段段,
  裂绝处,
  愿拿情丝牢系攀——
    让心上喜欢,
    让海上平安。

    1986年1月10日　病榻之上,合肥

距 离
——拿现代人这面镜子照自己

大地上,到处有两河交混,到处是渭与泾,
不能抽刀断水,焉得截然分明?
倘若我获得了第五代计算机的秉性,
谁正确,谁谬误,数据有慑人的冷静。

何况我还没有十二级台风的强劲,
何况我还没有喜马拉雅山的坚定,
更难得呼吸更新,像海洋那样翻腾,
朝之潮,夕之汐,倾诉着不灭的爱情……

      1986年1月12日　夜得诗于病榻之上,合肥

今日扬子鳄
——参观宣城扬子鳄养殖场

倘若韩退之他活到如今,
肯定将拒绝写《祭鳄鱼文》。

他会巴不得你从此阳寿不尽,
并且祝贺你进入天堂之门。

他会捻断胡须三两茎,含笑沉吟:
老兄有福了,赶上了吉日良辰。

不保准,他还会小心地好奇探问:
阁下……皮张,果然稀世之珍!

此讯确否?据闻,西方有一批恶棍,
特制高级钱包,炫耀臂上的贵妇人?

不过,请放心,这条江淌的可是汗水涔涔,
科学家,也无非是人道主义者的别名。

1986 年 1 月 12 日　病中

无题之一

也许,会发生第二次洪水泛滥,
也许,全世界将覆没于突变,
人人都被席卷以去,
不允许有半点留恋。

但即便在那最后的瞬间,
我也要一跃而出水面;
向远方,我投去快乐的视线,
那儿有我以心作籽儿的田园。

而田园已壁立起来,高可齐天,
哦,它肯定是唯一的不沉之岩!
朋友,我的至死不渝的朋友,
听见我喊您的名字了吗?信念!

1986 年 1 月 12 日　病中

无 题 之 二

大海悄悄地告诉我许多许多秘密,
包括世上所有的人,当然也包括你;
还是不要纠缠吧,不要打听底细,
我指着天起过誓,绝不泄露玄机。

至于我,大海仿佛诚心要打哑谜,
我没问她,她也不提,彼此默默无语;
但我的确又听见一个声音来自心底,
看,你莞尔笑了,顿悟已将秘密击碎。

1986 年 1 月 13 日　病中

无 题 之 三

那翠绿的大鸟驮着一块黄头盖,①
不是黄头盖,是黄翅膀,飞得最快;
蓦然间我记起了一条黄手帕,
同样风中款摆,同样明丽可爱……

说真的,我从未承诺也从未期待,
不开花的心,早已无可攀摘,
虽然攀摘本身简直就像黄手帕,
同样风中款摆,同样明丽可爱……

1986 年 1 月 14 日　病中

---

① 盖子漆成黄色的邮筒,信件当日上路。

兰

镞结浓愁，
杆标孤直，
幽幽空谷，寂寞，

绽一朵怨思。

多少载，
紧攒 Cupid① 箭一支；
还戴着凤冠霞帔呢，
宛若
豆蔻年华未嫁时，
亭亭
　　　复
　　　　痴痴……

春去也！
难道
真的不曾想过？
难堪今日
已然太迟，太迟。

1986 年　合肥

---

① Cupid：爱情丘比特。

一　闪
——罗湖桥头忆旧

三十六番花信，
四百三十二度月圆。
一闪。

那时节，
我不认识老年斑。
一闪。
风从北方来，
亲娘风中唤；
车轮咣当唱，
儿心多喜欢。
一闪。

明朗朗的天，
阴电加阳电。
一闪。

如今又来罗湖站，
罗湖对我话当年，
沧海桑田，
风雨故人未曾变！

心还是那颗心,

眼还是那双眼,

珍重!珍重!

向前!向前!

这一回,千真万确,

只剩下

一闪。

1986年3月

以　　往

　　1945年8月,厦门大学曾发来一份通知入学的电报,我被录取为法律系新生。

今天,我站在您的门前,
留下一张小相,
留下怅惘,
留下永远不会消逝的以往。

生活,是我的后娘,
仅仅因为凑不够长途汽车的票钱,
我,被迫改变了去向。
谁知道呢?
假如我能勇敢些,
假如没有这不幸的退让,
我的一生,也许是另外的形象。

刚才,我独自在校园内四处观赏,
我宁愿弃车步行,
似乎这样能得到某种……补偿。

在一处坡度陡峭的路旁,
偶然遇见了青年学生一大帮;

他们身着各色运动衫,
青春通过汗腺四外扩张,
有的弯腰撑膝,
有的摩拳擦掌,
只听得教员一声哨子响,
便争先恐后攀登而上;
多么有趣的锻炼!
这地势的选择又何等意味深长!
我高兴,竟下意识地摸开了纽扣,
恨不得也立即脱下衣裳……

然而,我老了,
我失掉了奔跑的力量;
不过,我还是逢人就讲:
厦门大学是我的母校,
课堂里当保留着我的座椅,
宿舍中当保留着我的睡床,
甚至,海滨浴场的黄金滩头,
也还保留着我的波浪……

啊!以往!

1986年3月

一半是蓝图

一半是蓝图,
一半是花木。

一半是蓝图,
一半是道路。

一半是蓝图,
一半是烟突。

一半是蓝图,
一半是船坞。

一半是蓝图,
一半是店铺。

一半是蓝图,
一半是别墅。

一半是庄周的寓言,①

---

① 大鹏鸟为深圳城徽。参阅《庄子·逍遥游》。

一半是康熙的训诂。①

一半是夜雾裹噩梦,
一半是朝阳铺前途。

1986年3月

---

① 《康熙字典》:田畔水沟谓之圳。

开 荒 牛

深圳永远是牛年。
一头牛,
日夜劳作在市委大门前。

开荒!开荒!开荒!
前面有金灿灿的秋天;
不是图腾,而是信念。

1986年3月

建 筑 大 观

推倒了火柴盒般的公寓，
荡平了坟墓式的庙堂，
正召开生产博览会吗？
陈列着一千个美学主张——
各种肤色，
各种貌相，
各种神韵，
各种目光；
有的彪悍像小伙，
有的窈窕似女郎，
有的凝重赛哲人，
有的典雅胜儒将。

花朵领异标新，
羞于裁剪重样；
树木千姿百态，
不屑彼此模仿。

喂，蓝蚂蚁和灰蚂蚁们，
大街上去吧，
呼吸几口纯氧，
再来来回回走三趟！

我保你

毅然决定,

甩掉!甩掉这暗淡的衣裳!

甩掉!甩掉这陈腐的思想!

1986 年 3 月

渔家庭院

友人提议,
该访问访问渔民新居。

嚯,一圈女墙真秀气!
带草坪的庭院,
风摆三角梅,
赤橙黄绿青蓝紫,
七色彩鱼嬉浅水。

美!
想寻主人借张网,
将它们夯巴郎①捞进脑海里。

啊呀呀,
头门大开,二门不闭,
一位老阿婆,
半睁着眼睛在听戏。

——客官找谁?
儿孙们忙着下网箱,

---

① 夯巴郎,广东方言,意为一股脑儿。

回家怕要日偏西，

若有公事等不及，

廊檐下，

还剩一部摩托没人骑……

1986年3月

赞国际贸易大厦

中国再没有任何一座舞台
更比您宽敞,
同样再没有任何一部乐曲
更比您高亢,
甚至再没有任何一盅鲜奶
更比您芳香。

五十三层楼台,
五十三摞门窗,
您是老莱子的积木吗?
古华夏因您而百倍轩昂;
您还是春之标尺吧?
新笋正呼呼拔节生长。

的确,目前,还低于纽约、莫斯科,
是的,暂时还比不上,
可您却是我们亲手创造的呀,
我们第一代诗的意象!
完整,优美,清晰,明亮,
海风吹来,音韵铿锵!

通道——蛛网,

写字间——蜂房,

人脑运筹,

电脑奔忙,

信息是一群群隐形的精灵,

正上下左右飞翔……

贸易的联合国!

金融的大战场!

请抓住帽子,

向屋顶仰望:

那儿停泊着一只巨大的飞碟,①

据说,它载来了天外的客商。

1986年3月

---

① 深圳国际贸易大厦顶层一只扁平的圆盘,外观极似 UFO;造型雄奇,撩人遐思。

国贸大厦旋转厅与鸟

我是一只小鸟,一只快乐而贪馋的小鸟,
我的目光挑剔,只选择这幢大厦的顶层筑巢;
我的巢是深圳与开放的制高点,
我的巢是中国与改革的瞭望哨。

每隔七十二分,每隔四千三百二十秒,
我都准时向着每一寸土地大声问好;
第二次的我绝不重复第一次的我,
当然,我也坚决拒绝啄食任何陈腐的饲料。

1986年5月24日　广州

西丽湖度假村

住进西丽湖,
物质最幸福。

游泳池,射击场,弹子房,
冰室,商店,俱乐部……
山光水色,
茂林修竹,
愉快的色调,
舒适的房屋,
箭般的大道,
蛇似的小路,
草毯花帘,
莺歌燕舞,
撑起树伞赏阳光,
铺开回廊数雨珠。
细细看,历历数,
你尚未领略最妙处。

让我领你去读两本书:
古代史——
一条小河,一个水库,
现代史——

几柄镢镐,几顶帐幕,
这儿能汲取
开拓的智慧,
这儿会萌发
创业的雄图。

离开西丽湖,
精神更富足。

1986 年 3 月

球体咖啡厅

最难忘
西丽湖的球体咖啡厅,
大大的,
圆圆的,
红红的,
如日初升……
她是燃烧着的诗,
她是灵魂的化身。
因此我向经理面陈:
何不画上五洲四洋的地形?
然后开双门——
欢迎!

不同肤色不同语言的嘉宾!
热腾腾,
香喷喷,
咖啡一杯,
溶化了
全世界的心,
于是无论谁打这儿出来,
都有火山熔岩般的热情。

1986年3月

蛇口：偷渡者的方尖碑

"文革"十年，数以万计的绝望青年，从蛇口的滩头下海，泅渡香港……

今日，
在蛇口工业区，
我们筑起
无数方尖碑：
巍峨，坚固，明亮，美丽，
这些
既属于死者，
也属于幸存的人；
但无论生与死
他们
都已属于另外的天地。

你明白吗？
为什么
所有的方尖碑，
一律
排着队，
俯瞰那
咬噬过偷渡者的海水？

我倒是听清了,
它们在
顽强地宣告,
沉重地喘息:
荒谬之幕
终于下垂——
结束了偷渡者痛哭的岁月,
祖国
　　与
国家
开始
　　合二而一。

1986年3月12日

北 京 鸭

界河中线的那一半,
游着一大群鸭子,
地道的北京鸭呢,
金嘴金蹼,玉身玉翅;
我笑了,想起了一句诗:
春江水暖鸭先知。

1986年3月

望 乡 碑

看新界那边,山势逶迤,
遍布着密密麻麻的坟堆;
据说,死者都面向北方,
人人全怀抱一简望乡碑。

青苔板结,长一层绿的障翳,
由于泪水冲刷,已经难辨字迹;
有谁能给地府邮去快信?
再耐心等几年吧,直到一九九七。

1986 年 3 月

鱼骨天线

电子时代的鱼化石,
乱纷纷爬满了屋脊;
白垩土似的森然骨架,
却绝非白垩纪的孑遗。

南边一律是头,
北边一律是尾,
这偌大的淡水鱼群,
为何竟游向海域?!

惊讶,焦虑,
惆怅,惋惜,
所有的刺
都卡在我嗓子眼里。

1986年3月

沙 头 角

你能说谁有过错?
匆匆忙忙,
我们伐倒新木一棵,
制作成经济杠杆,
却爆出昙花一朵——

沙头角。

也真是怪事咄咄!
一八四二年降生的《南京条约》,
这个豁牙瘪嘴的老妖婆,
居然照旧行经排卵抱窝,
将最后一胎,分娩在——

沙头角。

我们听过太多的荒唐传说。
一杯洋酒的诱惑,
一根懒筋的发作,
都能将好端端的村寨拦腰刀斫!
就这样,八颗一米长的石牙
咬破了多少父老的心窝——

沙头角。

是历史的诅咒,
是现实的戏谑?
二十七个省、区派遣特使,
纷纷来采购百货——

沙头角。

有人喜笑颜开,
清点收获,
有人慷慨激昂,
怒斥卖国。
也许再等十年才结算?
那时候总该戏散幕落——

沙头角。

1986 年 4 月 1 日　泾川山庄

西樵山文鱼如是说
——写给拒绝知识的人们

广东省南海县西樵山多美景,有一处称作"玉池墨浪"。泉自石缝中出,汇水成池,冬夏常满;前时三湖书院学子往往在其中洗笔砚,染水尽黑,色存至今。水中有小鱼,相传喜食余墨,故称"文鱼"。

是的,我黑得像一条
细细的炭枝,
我肚里
灌满了墨汁。
可我心明,眼亮,
我不当鱼缸里的装饰。

你信不信?
西樵山的千年灵气
使得我能幻化多姿;
如果你让我跳进衣兜,
我就能变作笔,变作文字,
变作书本,变作知识……
我就能保证你
活得快乐,
活得高尚,

活得充实,
活得对自己、对别人都有价值,
而不仅仅是
用墨镜、领带和全套家用电器
包装起来的摩登白痴。

    1986年3月31日—4月1日　泾川山庄

湾 仔 游

珠海市湾仔区与澳门仅一水之隔。

这究竟是活泼的大海?
还是淤塞的小河?
这究竟是眼珠的新鲜?
还是心灵的污浊?

舷边那条船,
垂死的哀歌!
舱房一如衣衫金装银裹,
廊柱和面颊都用胭脂涂抹,
卖身妇日日饮泣,
买笑人夜夜挥霍!
呸!什么水上皇后?
蒙昧时代残留的巫婆,
十足的世间妖魔!

岸旁那幢楼,
苟活的邪说!
大张的门像老虎嘴,
屋脊上摆满长刀和绞索;
幸运儿成了魔术师,

变出来美女、黄金、别墅和轿车，
倒霉蛋只得破窗夺路，
以生命做最后一次赌博……
啊，好一个东方蒙地卡罗！

上帝说：破船终归要沉没，
假如它一直向下堕落；
上帝说：危楼到底会倒塌，
倘若它不断超载罪恶。

1986年3月31日　泾川山庄

偶　闻

内地人乍到特区,
免不了去市场巡礼,
花花绿绿大世界,
却只能画饼、望梅。
回来发牢骚,
摇头直叹气:
为什么 $ 忒坚挺,
￥偏倒患阳痿?

打地缝里蹦出个人影,
拍拍口袋夸"银纸"①
西装革履,春风得意,
——他的职业是炒汇。

奇怪么?既然有二等货币,
就会有二等国民心理。

1986 年 4 月

---

① 银纸,港币俗名。此处用了广州话,"纸"应读作"挤"。

桂 山 岛

1950年5月25日,我人民解放军在珠江口外垃圾尾登陆。桂山舰不幸被敌击沉;为了纪念这一战役,解放了的垃圾尾改名为"桂山岛"。现属珠海市。

沉下去一条桂山号,
升起来一座桂山岛。

啊,桂山岛,就是桂山号。

西北风岂能再耍刁?
内地的垃圾早已被清扫。

啊,桂山岛,就是桂山号。

东南风怎敢再兴妖?
香港的垃圾更严禁倾倒。

啊,桂山岛,就是桂山号。

此刻我登上渔家新楼来远眺,
当年的火海仍旧熊熊在燃烧。

啊，桂山岛，就是桂山号。

烈士们还在为生活盘链起锚，
路更宽花园更美学校更好。

啊，桂山岛，就是桂山号。

不沉的桂山号永镇波涛，
年青的桂山岛越升越高……

1986年4月

漂 流 大 陆

是哪位天神,利斧一劈,
就教你脱离了母体?
教你成为大板块外的小板块?
教你颠簸于洋面,无傍无依?

从此,你必须学会独立,
你开始咽粗粝的木薯粉,
你开始喝苦涩的盐卤水,
你以强台风梳头,
你用热带雨沐浴,
你成长,你发育,
你拱出一座五指山来,仿佛
碧螺拱起它带花纹的背脊!
在洄流与洄流的十字路口
你画出了真正的安全岛范围,
让惦记孩儿的亲娘欣慰,
让久别妻子的水手欢喜,
也让不幸的海难者们
凝聚最后一次爆发力,
啊,希望之星! 亲爱的陆地!

汽车爬上了五指山顶,气喘吁吁,

盘山公路飞速变换着方位,
视线无法调整,我眩晕了,
却以为,是你在表演大胆的游戏。
北南西东? 还是南北东西?
多么惊险多么有趣的特技!
片片森林狂舞,卧倒复跃起;
乌云和白云玩儿捉迷藏;
海鹰和山鹰相互追击;
黎村苗寨在比赛古典美,
一会儿命令你评价她们的头饰,
一会儿劝诱你欣赏她们的裙裾;
数不尽的船形屋,
把潮和涌全部移栽到山区,
使人难以分辨,
这到底是疼心的现实还是原始的回忆;
而茫茫的南中国海,
竟变作一只因中魔法而旋转的酒杯,
绿色的液汁白沫四溢,
蒸腾着一股股醉人的香气……

兜一圈醒来,又回到过去,
没有一寸半分的位移。

海南岛! 伟大的哑谜!
海南岛! 严峻的叹息!
运动是如此之频繁而激剧,

肉体和灵魂都暗自战栗;
漂流大陆啊,快告诉我,
什么时候将出现奇迹?

海南啊,我的海南……

您是我的藏书。
我是您的插图。

第一章,我惊讶您的富足,
第二章,我悲叹您的贫苦,
第三章,我羡慕您的天赋,
第四章,我难耐您的屈辱,
第五章,我期待您的觉悟,
第六章,我担忧您的孤独……

谁是我的藏书?
谁是您的插图?

可您有的是食物,
我却饥肠辘辘。
可您有的是大粒子海盐,
我却淡食水煮。
可您有的是香甜的果实,
我却口干舌苦。
可您有的是鱼儿,
我的破网却急待修补。
可您有的是铁砂,

我却无犁无锄无锯无斧。
可您有的是石油,
我却燃料不足。
可您有的是橡胶,
我却因为轮胎破了而抛锚中途。
可您有的是熏风热雨,阳光和煦,
我的心却冻得发抖,冷得抽搐……

您是谁的藏书?
我是谁的插图?

回答我,哪儿有这样的共产党员?
回答我,哪儿有这样的领导干部?
自带铺盖卷儿,
携同不拉后腿的眷属,
天涯海角长住!
不怕蛇,不怕虎,
辟草莱,开大路,
把独木舟换作大船坞!

您是他的藏书。
我是他的插图。

钻石指环

穿越五指山,
我去抚平太阳的须髯;
穿越五指山,
我去梳抻月亮的发辫;
穿越五指山,
我去拉开云彩的幕帘;
穿越五指山,
我去弹响森林的琴弦;
穿越五指山,
我去创造爱情的诗篇;
穿越五指山,
我去追寻前生的姻缘——

我得到了美丽的通什①新娘,
五指山
羞羞答答,摘下了手上的钻石指环。

---

① 通什,海南黎族苗族自治州首府,在五指山中部。

珠贝项链

海南你看,我像不像朝圣的苦行僧?
赤着双脚,不断弯腰拾贝在海边;
沙滩上,布满了我深深的脚印,
脚印里,注满了我深深的眷恋。

我就这么一直不停顿地走下去,
直到整个的岛子被我环绕一圈;
我用脚印和眷恋搓成两股相绞的丝线,
边走边穿,我要献给你一串珠贝项链!

过 琼 海

　　琼海县城大街之中，立着一座红色娘子军石雕，上镌胡耀邦同志的题词。不远处又有杨善集烈士纪念亭，杨善集烈士即红色娘子军党代表。

车进琼海县，
先叩娘子关；
此去便是老苏区，
能不肃立思当年！

仰望斗笠、水壶与枪杆，
军衣军帽红星闪，
短裙赤脚裹绑腿，
通身一堵花岗岩。

花岗岩上刻信念：
党不变则天不变！

兴 隆 神 话

兴隆华侨农场,正推广各式神奇的热带作物。

面包在树上烤,
奶糖在树上熬。

饮料在树上冲,
酒浆在树上斟。

油脂在树上炼,
鸡蛋在树上煎。

学习有巢氏不算退化,
我愿在树上重新安家。

中国咖啡

　　九级台风中,在兴隆迷路,摸进了一爿咖啡作坊。

瓢泼大雨,倾倒在野地上,
竟浇不灭这扑鼻的浓香,
我们捋着股股烈焰,钻进林莽,
找到了不起眼的咖啡作坊。

听说一行人是远客来访,
可乐坏了青年工人和青年厂长;
七手八脚他们洗刷杯盏,
刚出炒锅便煮一壶烫上加烫。

尽管按比例已经羼过白糖,
黑油油的仍旧闪着釉光;
一盅下肚,像酒像胶又像药,
喝得大家浑身通泰心舒畅!

人人赞美,中国咖啡棒!真棒!
个个争购,好让亲友品尝分享;
啊,上下左右打量,小小作坊!
啊,东西南北张望,穷乡僻壤!

探 远 亲

我们渡海去猴岛看猴群,
猴群同样也下山看我们。

它们丝毫也不曲意殷勤,
倒是我们显出几分拘谨。

买点落花生吧作为礼品,
岂料想送礼者却大现原形……

当我们还因逗乐而感到开心,
猴子们早已对人类暗自讥哂:

果然是万物之灵!穿戴正经,
身体与感情的暴露都极有分寸。

直到另一台戏召唤我们转身,
还听到嘻嘻嗯嗯的谈笑议论。

大东海①的五分钟

在美丽的大东海,
我下海五分钟。

没有催促,
没有怂恿。

我只不过突然记起了太古蒙鸿,
我只不过想回去探望一下
那个最初孵育人类的幽暗的子宫。

可是,大海发怒了,
拒绝将我收容。
它责怪我不该抛弃鳍和鳃,
(这才是数典忘祖!)
还嗤笑我的脑血栓
早已使我畸变为脚轻头重。
(感谢上帝恩宠,
水族可没有这倒霉的病痛!)
接着,它断然宣布:
任何一条鱼儿

---

① 大东海,海南省三亚市的一个理想的海滨浴场,细沙如银屑。

都不屑与你认同……

我只得蹒跚上岸,
由于羞愧
而满脸通红。

清 澜 港

美哉清澜港!
椰林百里长!
一层蔚蓝在荡漾,
一层碧绿也荡漾,
海与树都是音响;
仙乐来自天上:
二重浪,二重唱!

牛 路 园

　　海南岛文昌县昌洒区牛路园,有宋庆龄同志的祖居。

一直到死,
她也不曾回故乡——
这个名字叫作牛路园的
既找不见牛路,也找不见园的山庄。

没有椰子,
没有槟榔,
没有棕榈,
甚至没有木麻黄……

只有一座孤坟,
守望
大片的草莽。

睡在地下的老人
会将她原谅:
中国需要她披荆斩棘,看啊,
还有比这儿更加可怕的荒凉。

荒谬的椰子树①

人有什么可爱的?
你偏一见钟情;
烟火不举的地方,
你甚至拒绝怀孕。

为了博取人的欢心,
你居然隐瞒年龄;
因此和谁都订忘年交,
老的、小的不论。

你是这样地体贴入微,
连叶子都安上个长柄;
落了,也不用弯腰打扫,
拖回家就填灶,或者铺盖屋顶。

而高高的树冠中间,
还着意藏一团蜜粉;
这岂非号召盗窃和掠夺?
啊,贪婪的手,肮脏的脚印!

---

① 椰子树无年轮。据说,她习性近人,无村落处,每不结实。

雨季,你披巾挡雨,
旱季,你打伞遮阴;
节令一到,便奉献果实,
肉供人大啖,酒任人痛饮……

人有什么可爱的?
你竟如此痴情!
你知道大家怎么评价你吗?
傻气十足,荒谬绝伦。

  椰子树呀椰子树,
  你是谁的倒影?!

唉,神秘果……

唉,神秘果,
何必闪闪烁烁欺骗我!
说什么家乡是海国,
其实呢,你的土壤是生活!

多半辈子了,
滋味早尝过;
而且,给我的还是青青的那一颗,
没有苦后甘,只有苦后涩……

台 风

记得往常听气象广播,
老预报台风将在某处某处登陆;
由这个军事术语又产生联想,
总以为它会首先建立桥头堡。

谁料想完全不是这么回事,
一下子我们便当了亡国奴!
暴雨和海啸手挽手猛扑过来,
残暴地把生我养我的陆地淹没……

这时候我便希望自己是一颗树,
挺拔,坚韧,充满弹力的一棵树;
我一定用牙齿紧紧咬住乱发,
宣告我的决心、勇气、悲忿和痛苦!

无论如何我也要持久搏斗,
哪怕削弱敌人的兵力仅仅一小股;
万·不幸我被折断,我也睁大眼睛,
期待着太阳、月亮、星星将河山光复。

天涯海角

云,越垂越低,
浪,越涨越高,
三五礁石面如土,
跪在沙滩上做祷告。

果真无路可走了吗?
不!古人的结论未免太早!
我的生命我的心,
绝不画句号。

鹿 回 头

鹿回头，
回头惊小妞；
小妞凝眸忽一笑，
反教猎户添暗愁。

鹿回头，
回头叹射手；
射手神箭穿心透，
一缸蜂蜜敷胸口。

鹿回头，
回头送温柔；
温柔二字已足够，
能解贫贱百事忧。

鹿回头，
回头贪年少；
年少蹉跎便老叟，
悔不青春南海游！

谒五公祠

　　海口市郊有五公祠,纪念(唐)李德裕,(宋)李纲、赵鼎、李光、胡铨;他们都是遭流放贬辱的钦犯、忠心义胆的名臣。

庭院太肃静,
死者吞声,
吊客吞声。

何必鸣不平?
百姓有情,
历史有情。

黑暗,黑暗,黑暗,黑暗,黑暗,
复明,复明,复明,复明,复明;
颠倒,颠倒,颠倒,颠倒,颠倒,
反正,反正,反正,反正,反正。

海 瑞 墓

何苦修复这座墓？
留下炸破的洞穴，
留下炸碎的棺木，
留下身首异处的石羊、石马，
留下风在萧萧疏林中号哭；
留下周信芳的歌声，
留下吴晗的史书，
留下赤子心，
留下无毒不丈夫。

啊，海瑞不孤独，
陪伴他的，
是一个健忘的民族……

寄 生 蟹

沙滩上，烈日灼灼，
暴晒着一只空海螺；
突然间竟满地乱滚，
难道它能死而复活？

由于好奇，我走过去琢磨，
刚刚拾起，手指便如针戳；
哈！你这可恶的寄生蟹！
练习横行，还要找一个庇护所？！

        以上十九首，均写于1986年3—4月

天 一 阁

　　浙江宁波天一阁,明代大藏书家、兵部右侍郎范钦所建,是我国历史最久、图书最多的藏书楼。历尽劫难今犹存,巍巍然为东方一大文化瑰宝。

儒不畏坑,
书却怕焚,
"天一生水"好楼名,
凿池引泉防嬴秦。

但有蠹鱼如家贼,
明吞暗啮势难禁;
闻道南国多芸草,
一枝入匣白虫净!

重重阁,重重亭,
重重书香重重云;
穷我毕生心与力,
也读不尽,
这许多刻本、抄本、善本与孤本!

我愿立正三鞠躬:
多谢! 多谢!

泉水们!
芸草们!
同志们!

1986年4月

叹 北 仑

车到北仑，
暴雨相迎；
除了雨声，
还是雨声。
码头三两人影，
道路不见泥泞，
太静。
太净。
静得教人心跳，
净得教人吃惊。

访问中央控制室，
有的面孔红，
有的言语冷，
好生纳闷，
是何内情？
莫非盖了一座龙王庙？
用金箔装修的神灵，
看上去威风凛凛，
没有生命。

1986年4月

瓦灰色的颂歌
——写在舟山基地的洋面上

青春并不总是绿色,
时间,地点,职业,
都能使她的皮肤变革;
你看这瓦灰的一群,
谁不是生命的强者!

核潜艇和护卫舰,
和水兵共一种制服;
就连那长鲨般的鱼雷,
也全身紧裹同样的甲胄。
他们是一个瓦灰的家族。

由于舰队的血液喷涌,
我们的旗帜一片彤红;
当甲板上的炮口不再沉默,
它的咒语便是地狱之火,
要把大海烧干陆地烧熔!

我承认,我已经归化,
美学原则应该从需要出发;
给我一套这样的迷彩服吧,

即便战神更换了性别,
她也会选择瓦灰色的鲜花!

1986年4月

沈家门鱼宴

这可是龙宫设下的筵席?
每一道菜都直接捞自海底,
最稀罕的是大盘的鱼羹,
白似雪稠如胶异香扑鼻……

忽然间走过来一位同志,
指名道姓诚心和我碰杯,
还说感谢我写了《酒的怀念》,
真情赞颂了他的侄儿黄南翼。

我通身一震,真是不期而遇!
原来他不仅仅是公司经理,
真正的身份应该算作烈属,
至少,在我心目中是这样认为。

于是我举盅仰脖一饮而尽,
空杯中立刻就注满了眼泪;
回忆起他父母上火线送庆功酒,
回忆起他本人悲壮的书信日记……

我们另寻一个角落并肩促膝,
唯恐惊扰了众人而悄声低语;

真的,任何佳肴都已丧失魅力,
对我而言,鱼宴不过是又一次奠祭。

          1986 年 4 月

梵 音 洞

丽日蓝天无涯际,
包裹着
一角风雨。
十万蛟龙争入洞,
潮头急,
此时海水胜山火,
呼啸怎得熄!
凭栏望,如暮,如晦,
片刻湿我衣;
佛国梵音,
果然奇妙无比!
钟、鼓、铙、钹,
一声声铿鞳如雷!
彩虹似环,
霎时又寸寸玉碎,
眼见得溅落手心,
摊掌看偏无痕迹……
人间天上怎相比?
纵将柔肠尽抽丝,
也难绣难绘!
我想参拜观音,
她却执意回避;

但闻云端有人语：
汝可速速去！
孽根未净——
还有多少诗句！

      1986年4月

舍身崖断想

陡壁危峙,
横立一方碣石,
六个大字:
严禁舍身燃指。
无理州官!
你不管人生,
焉得管人死?!

1986年4月

磐 陀 石

磐陀石,
石磐陀,
上大下小,
危卵相摞;
当中一线明,
似有神仙托。
架梯攀援去,
险处不堪说!
南北东西皆沧海,
何处桑田傍城郭?
亿万年,长若是?
潮来摇摇势欲堕!
我心惴惴忧风波,
磐陀石上念中国!

1986年4月

链

地图上没有这条链,
海底下却有这条链;
谁是它的锻造者?
我猜,许是盘古? 女娲?
或者别的佚名的祖先。

肉眼看不见这条链,
只有心能感觉到这条链;
打从厦门捋起,金门,大担,
　　　　　　　二担,三担,
一直延伸到那澎湖和台湾,
扎扎实实,一环紧扣一环……

每天,我都要站立在岸边,
尽管海浪像一柄带锯齿的刀子,
割断了我的视线,
但是我可以依赖一位优秀潜水员:
摸到了! 每分钟向我报告八十遍!

1986年4月

沉　船

　　州南有海浩无穷，
　　每岁造船通异域，
　　　　　　——（宋）谢履《泉南歌》

面对您的残缺遗骨，
我必须合十闭目：
我看见了海浪的翻腾，
也看见了心潮的起伏。

塌了什么风墙折了什么水柱，
竟使您在自家阶前倾覆?!
肯定有无数的多情水手，
和您相搂着一道沉没!

面对您的残缺遗骨，
我必须合十闭目：
我祝福所有新生的万吨海轮，
巨大，坚固，胜似泉州的远祖!

须知瓷器最易破碎，
该像珍惜友情一样细心爱护；
须知香料更会消散

要同吸收纯氧一样纳入肺腑……

请勿误解,这些绝非我的诗句,
不过是记录了沉船的遗嘱。

1986 年 4 月

舟行闻鼓

浪是槌，
岛是鼓，
日中耳边频频擂，
夜半枕上细细数。

陆是儿的母，
海是儿的父；
母命诚难违，
父命岂敢忤？

游子去远国，
无情似桨橹；
征夫思家园，
多情如砧杵。

背人眼角滴滴泪，
当众心头阵阵苦；
浪是槌。
岛是鼓。

1986年4月

圆　寂
——纪念李叔同先生

《城南旧事》放映的日子，
到处都唱着那支插曲；
请宽恕当今的年轻人吧，
他们不知道作者是谁，
只听任那一股风，一股风，
吹回来长满了白发白须
而又永远不老的愁绪。

大地上
曾经有过一些美丽的足迹：
属于扮演《茶花女》的椿姬①，
属于许多锦心绣口的诗句，
属于一位书法家，一位金石大师，
属于割开指膜便于弹奏的钢琴迷，
属于多才多艺的李叔同，
属于你。

突然，这个人向世界宣告离去，

---

① 李叔同先生青年时代留学日本，曾组织"春柳社"，首次公演《茶花女》，并亲自扮演主角椿姬（即茶花女），极获好评。叔同先生是我国话剧运动的创始人之一。

带走了他的才华,抱负和胆识,
也带走了他的追求和情欲。
杭州的虎跑寺,
泉州的开元寺,
却从此多了一名写经的和尚,
法号叫作弘一。

第二次,你仍旧不曾死,
而是圆寂。

今天,我终于看见了
你的最后遗墨:
"悲欣交集"。
我想,既然是欣,何必又悲?!
我实在愚钝,
竟顿悟不了
其中的奥秘。
我太贪恋人生了,
据说,现代医学昌明,
最普通的寿限都是八十岁,
君知否? 可我
却不幸被盗窃了四分之一!
我活不够啊,
多少事
等着我去努力,更努力!
原谅我,尽管在许多方面

你都值得我钦佩。
但是这一点,我坚决不向你学习;
难道我还能自行蹉跎吗?
那既不是正寝,更不是涅槃,
只不过一次可耻的自杀未遂……

1986年4月

四 爪 锚

玻璃橱窗里,
摆着一只四爪锚,
足足758公斤,
不安分的郑和所铸造。

假如锚有记忆,
它就一定知道,
当年的市舶司设在何处,
郡守又怎样斋戒沐浴做祷告;
蒲团是什么颜色,
高香在哪儿焚烧……
先祈风——多顺风,
后祭海——少狂涛,
保佑我们的三宝太监,
宣国威,进财宝!
登上桑给巴尔岛……

但它一定会长叹,
这个可敬的民族,
血液中泥沙沉淀太多,
蓬勃活泼的元素太少;
只有从土里生出来的,

才被认定是创造,
一卷《货殖列传》,
充满了对四民之末的讥诮!

皇帝还是爱石舫,
你看,既有船的外表,
灵魂又不骚动嚎叫,
绝不会经历颠簸和风险,
倒能够享受安逸和逍遥。
温良恭俭让啊!
石舫好,
哪管它原地不动,
从不前进一丝一毫!
石舫好,
就是烧了圆明园,
石舫永远烧不掉!
石舫好,哪像四爪锚!
一时起,
一时抛,
流血流汗多辛劳!

1986 年 4 月

琴　岛

　　小小鼓浪屿,据说,竟拥有钢琴五百架,每到薄暮,则仙乐和鸣。

钢琴用什么唱歌?
牙齿!
黑键是玳瑁,
白键是珠贝。

小岛用什么唱歌?
眼睛!
窗帘作睫毛,
灯光作瞳仁。

大海用什么唱歌?
肺叶!
潮水在白昼,
乐曲在黑夜。

1986 年 4 月

空间和时间

空间贬值了,贬值了,
一天就跨越,半爿中国大陆,
时间升值了,升值了,
班机晚点,多少双脚在擂鼓!

为了迎接我,朋友们,
眼睁睁手头的工作被延误,
有的人干脆饿着肚子,
耐心地在停机坪外踯躅。

我一壁解释和抱歉,
一壁听着那快乐的诉苦:
好!五千里换来一个新观念:
关于价值,关于效率,关于速度。

1986 年 4 月

神奇的绸布
——参观东莞市长安镇玉兰墙纸厂

你信不信?墙,也是一种生物,
它爱美,它需要漂亮的衣服;
的确,我听见了它们的齐声欢呼,
砖头和混凝土,都喜欢这种神奇的绸布!

鹅黄、浅紫、嫩绿能促进爱情成熟,
透明的蔚蓝则保证了海员家庭的和睦;
而令常人血液循环加速的红色,
偏能给予癫痫病患者以最大的安抚……

感谢同志们赠给我美丽的样品书,
我将珍藏之,把它当作生活的贴相簿;
不同的构图,不同的颜色,不同的纹路,
反复论证着:贫寒正在开始变为幸福。

1986 年 4 月

勋　　章

我不了解授勋制度的世界史，
但我知道在中国它何时开始；
当我凭吊废弃了的虎门要塞归来，
我就能确切报出那串光荣的日子。

沙角、大角、南山、横档和大虎，
胸前全铭刻着"金锁铜关"四个大字，
你每踏一步，它们都铮铮作响，
啊，为何尘封网埋？难道又有
新的国耻？

1986年4月

新《节马行》

  在虎门林则徐纪念馆中,陈列着一方碑文。上镌《节马行》,共计一百五十一字,感人至深。念及内地读者,游览诵读机会不多,故不揣谫陋,改写为新体诗,以广流布,并请方家指教。

一

道光壬寅年,
寒去暑来四月份,
香港倒毙了一匹中国马,
小事区区,不是新闻。
(一匹马算啥?
枉死了多少中国人!)
可是,一旦你了解来龙去脉,
肯定会大吃一惊:
牲灵,牲灵,
哪来如此灵性?
你也会感激涕零:
大不亡我!
中国,需要这样的课本!

二

……后来,万籁俱寂,海天无声,

炮台停止了轰鸣,
部卒全部牺牲,无一幸存。
守将陈连升
鲜血早已流尽……
只有他的忠实的坐骑
还在用软而热的舌头舔着主人,
轻轻,
而又频频;
陈连升的手和脸渐渐显得湿润,
仿佛在深情地答应:
马儿呀,我醒!我醒!
我这就醒!

三

英国兵蜂拥而至,
很快就围拢一群,
咿哩哇啦,七手八脚,连绑带捆,
这匹马硬被捉去香港,
还打算送往伦敦——
当作可供展览的战利品,
告诉大不列颠子民:
"文明"的毒品贩子
怎样打败了
坚持禁烟的支那"野人"。

四

不幸,它却不吃,不饮,

上等的草料,

它也不沾唇。

耻食周粟呀,

什么时候,

它听过伯夷叔齐的古训?

两眼睁得滚圆,

双耳竖得笔挺,

它时刻准备着

奋蹄弹击,不让洋鬼子靠近;

有个把不要命的

冒险跨上它的背,强逼它驰骋,

立即报以一蹶,一翦,

再掉转脖颈张嘴猛啃。

那被甩下来的家伙,

恼羞成怒,大发雷霆,

拔刀乱砍,

我们的烈马啊,鲜血淋淋……

五

它,终于被驱入山岭。

然而,它依旧不吃草,

时不时引颈北望,

对着大陆嘶鸣。

胡马依北风!
它,又在什么地方
听过《古诗十九首》的歌吟?
乡下人,承受着亡国奴的命运,
此情此景,怎能不热泪涔涔?
他们不忍心呀,
眼巴巴看着它消瘦、患病,
有心喂它几口吧,
却又遇上了古怪的事情!
捧在手上它吃,
撒在地上它闻都不闻——
这匹马莫非成了精?
它竟知道,这个弹丸小岛
已经沾满了膻腥!
如果人们一旁议论,
偶尔说起了陈连升,
它便立即停止咀嚼,
泪光莹莹。

六

它快要不行了,
这一带的老百姓
联名递上看呈文,
恳求英军
放马回虎门。
这可伤害了大英帝国的尊严!

它的自大,它的固执,它的骄矜,
当时已举世闻名,
何况,此刻正值大获全胜?!

直到最后,这匹马始终靠自己的骨头
将自己支撑,
它始终不低头,不乞求怜悯,
悠悠地,悠悠地
释放着自己的一缕忠魂……
归去来兮,
马之神!

1986年4月

珠江中秋夜

　　去年农历八月十五,广州诗友邀我及小女刘粹登"越秀"轮珠江赏月。

人间佳节前夕,
郭君捎来话语:
几位好友相约,
去到珠江团聚。
果然人人践约,
却又不曾到齐——
仰望茫茫暮霭,
俯视沉沉江水,
主宾的位置空着,
原来是月亮缺席;
她不来也还罢了,
为何更夺走诗句!
虽然强颜欢笑,
心中不免怨怼;
两岸烟火怒放,
仿佛替我抗议:
明年买舟重来,
画个蟾蜍代替;
要画就画在手心,

相握触电生辉,

通宵将不再望天,

拊掌大笑而回……

1986年4月

记得那天夜半砰然枪声响①

记得那天夜半砰然枪声响,
急忙忙我们全体披衣起床,
徒手一双没有枪;
有人去伙房操起斧子,
有人在墙角寻找棍棒;
我们不信,
广州的图书馆会将我们埋葬,
我们希望,
在这儿开辟一处新的小小战场!

感谢街上巡逻的游动哨岗!
仿佛自天而降!
他们是四野老大哥,
至今,我还能清楚看见
那般英姿飒爽,临危不惧的模样!
特务仓皇逃跑了,
紧张的黑寂中,
能隐隐听见有人划船荡桨。

---

① 广州解放之初,我们二野四兵团政治部在文德路图书馆举办解放区出版物展览,每日观者如云。只是我们警惕性不高,没有注意到馆内有条小河,直通外界,险遭特务暗算。

三十六年我重来,

图书馆依旧开放;

只是那条水道已完全堵死,

我明白,这件事实在意味深长……

1986 年 4 月

关于一座雕塑的传奇

相传,有五位异人,分骑不同毛色的羊只,身着不同纹彩的服饰,手持每茎六穗的稻子,聚合在珠江口;然后,他们向人们分赠了稻种,因此才有了极好的年成,人丁也越来越兴旺了,于是形成了今日的广州。广州称作"羊城",又简称"穗",盖出于此。

我不打算去看那座雕塑,
我对它不感兴趣。
我知道
它一生下来便立刻哮喘,
败顶,同时长满了雪白的胡须。
完全和传说本身一样衰颓,
也猜不准它的年岁;
掉光了牙齿,
既消化不良,
又暴饮暴食,
导致了贫血和胃下垂,
并发性的综合征!
矛盾着的奇异!

我建议,少男少女
都应该将这个曾外祖母的故事

放逐出自己的记忆;
而在非常有限的脑壳里
填充一些崭新的信息——

异人们决定再次前来聚会,
他们的确骑着不同毛色的海羊,
他们的确穿戴不同纹彩的服饰;
不过,他们如今变得吝啬了,
而且还可能有着种种的怪癖,
他们绝不会白白的
送给谁一星半点东西。
而且他们也抛弃了六个穗头的稻谷,
只是紧紧地攥住第六代的电子计算机。

还是去迎接他们吧,
带着我们奔跑的汗水。
我们要像祖先播种稻谷似的播种奇迹。

然而,究竟是来还是不来?
也许,我们先得学会等待,
学会必要的非人间的礼仪,
文雅而又机敏地
跨进另一间客厅——二十一世纪。

此刻,尚在历史的子宫里躁动的另一具雕塑,
肯定会呱呱坠地。

准备好一切工具!
錾刀,凿子,斧头和竹笔,
让我们修改传奇。

1986年4月

孙中山铜像

　　黄埔军校旧址附近,孙中山先生纪念碑上立有铜像一尊,大小与真人等身。

人们已经习惯于后来的标准;
英雄,岂能运用普通的尺子?
无论青铜、白玉还是廉价的石膏,
或铸或雕或塑,必须高耸入云。

不不!您却站起来大声争论:
纵然再伟大,也是血肉之身;
最重要的原料应由他亲自提供——
在别人眼中,有一颗活着的心。

1986 年 4 月

黄 埔 白 兰

　　黄埔军校内,孙中山大元帅居处窗外,一株高达数丈的白兰树年年盛开……

草地上抛撒的花瓣早已萎黄,
小院内仍弥漫着沁脾的幽香;
我信步登楼走进大元帅的斗室,
轻轻推开那紧挨白兰树的南窗。

肯定他当年也曾在这儿凭栏凝望,
和普通人一样,他也有淡淡忧伤;
白兰树虽未传授他长寿秘诀,
却教他学会了尸骨保持芬芳。

1986 年 4 月

酸 豆 树

翠亨村孙中山先生故居院内,有一株奇特的大树,墙头的说明文字如下:"1883年,孙中山先生从檀香山带回树种,亲手栽种于此,树后被台风刮倒,成为现状。"按,倒树之事发生于孙中山先生逝世之后。

屈曲着向上长,盘绕着向上长;
被压弯,被打断还是要向上长;
哪里有酸豆树的枝干?
分明是革命家的衷肠!

海外的种子不理解中国的风向,
造就了这等非常的痛苦形象;
正是从它的酸与辛中得到启示,
我们才找出一服疗救沉疴的良方……

1986年4月

听孙中山先生讲演录音

　　……因为睡着了,所以我们几百年来,文明退步,政治堕落……
　　　　　　　　　　——摘自孙中山讲演词

五十年前背诵《总理遗嘱》的孩童,
今天猛然间听见了您本人的声音。
真该感谢缅怀和崇敬这两支大军,
一举替我收复了失去的全部光阴!

尽管磁带不时爆出沙沙沙的杂质,
您充满激情的话语依旧如此清纯;
我愿以那个孩童的名义做证:
这篇讲演永远是富有营养的食品!

　　　　　　　　　　1986年4月　泾川山庄

丰镐房

浙江省奉化县溪口镇的蒋介石故居丰镐房现已开放。

文王在丰,
武王在镐;
这座宅院的名字
披露了主人襟抱。

一手拿胡萝卜,
一手舞鞭梢;
实在毫无新鲜感,
哪代不兴这一套?

海峡那边的同行,
听了怕要埋怨我欠公道;
但您总无法否认这个事实:
除了黄军装和黑大氅,
他只爱直贡呢马褂,
团花锦缎的轻裘长袍,
外加一顶礼帽……
什么人如此穿戴?——
醉心打仗的强豪,
吃租子的财主,

做买卖的阔佬。

是的,他不饮酒,不抽烟,
甚至只喝白开水,
自奉俭朴,和睦乡里,
待人也算有礼貌;
既崇尚孔、孟
又皈依基督教;
再说,还是个好丈夫,好父亲,
不像《金陵春梦》涂抹得那么糟糕。

不过,您可亲眼见过他抓壮丁?
仿佛捆强盗!
不!完全是捉住公鸡去祭刀,
一只一只,成串成串,
用粗麻绳拴绑牢靠。
有一次,偶然其中的一个挣脱逃跑,
钻进我家,扑通一声跪倒,
泪流满面,直对我母亲哀号……
我永远也忘不了那个场面,
尽管当时我不懂得什么叫作残暴。
接着十五年过去,
十五年,他曾下令将多少生命轻轻抹掉!
贫血的诗人闻一多,
他不多的一点血,只来得及
在大地上为最后的一首杰作打草稿!

他又陆续屠杀我的青年朋友和同学,
最后,干脆打算将我也逮进去坐大牢。

啊,海峡对岸的同行,
头莫摇,
您应该相信,我绝无一丝一毫的编造,
我并没有个人恩怨的计较。
我是行将六十的人了,
世事沧桑,经历也不算少,
此刻我心平气和,不急不躁,
正如俗话说的:见得越多,悟得越透。

眼前肃穆整洁,
想必一如旧貌。
必须坦白相告,
我的心情
却如伫立在王谢堂前怀古凭吊……
虽然,来到这儿是生平第一遭,
却又暗自思忖,恐怕还是为时过早!
再等一百年如何?
那时候,剩下泯然一笑,
谁管这个地方,
依旧窗明几净,
还是衰阳荒草!

1986 年 4 月

雪窦寺①编年史

没有考据过,
雪窦寺何时兴建。
只是我白日游玩,
黑夜却梦见:
有一伙作田汉,
破衣烂衫,
叩拜在大佛脚边,
在他们扑满尘土的头顶
闪着烛光,缭绕着香烟……
我听得为首者许愿喃喃:
如成大事,
金身重换。
尽管是做梦,
我自心中了然:
地,是爱新觉罗氏的地,
天,是爱新觉罗氏的天,
好大胆!
竟敢扯旗造反!
这个名叫胡乘龙的
带领一支白头军

---

① 出溪口镇,步行二里许,有一座雪窦寺,当年香火颇盛,现已破败不堪。

开始盘踞后山。

接着,当然是征剿和招安,
一切又回到过去,
回到黄卷青灯,作法开坛,
回到老和尚撞钟,小沙弥煮饭。
如此这般,来了王氏太夫人和毛氏夫人①,
她们每天提着塞满贡品的竹篮,
进庙访寻高僧们谈禅;
来了一名重要的政治犯,②
弄不清为何选中了这个软禁地点,
他只得把自己的悲剧继续迁台上演;
来了携带外国老婆的太子,
他奉命洗脑,苦读戚继光和曾国藩,③
谁叫他当初去了苏联?
来了解放军雄兵百万,破了长江天险,
寂寞潮打石头城,又竖降幡,
下野者不忍遽去,独个儿山寺流连……

蟪蛄春秋,一眨眼便二十年,
这期间,人人争当自食其力的劳动者,
穿袈裟的终于学会了犁牛下田,

---

① 王氏太夫人,指蒋介石先生之母王采玉;毛氏夫人系蒋经国先生生母毛福梅。
② 张学良先生曾被软禁于雪窦寺,为时八个月,后转移至汉口。
③ 蒋经国先生自苏联归国后,其父嘱其进修中国古籍,继承儒学传统,所开列的书单中有戚继光的《纪效新书》和曾国藩的《曾文正公家书》等。

一如做日课夜课,渐渐也就习惯。
岂料想,无神论者一把火,
将它烧得只剩下半爿偏殿!
如今,连菩萨都是借来的呀,
长老唏嘘,听来真有点怆然!
我的梦境和叹息之声同时消散,
又清清楚楚出现了贴着黄榜的败垣,
榜上写道:千祈善男信女广结斋缘,
翻译成俗人的白话,就是:
和尚们在伸手讨钱——
为了雪窦寺的光荣,
为了编年史的续篇。

1986年4月

棋　　局

洞中方一日，
世上已千年。

——民谚

"信安郡石室山，晋时王质伐木至，见童子数人，棋而歌，质因听之。童子以一物与质，如枣核，质含之，不觉饥。俄顷，童子谓曰：'何不去？'质视，柯尽烂。既而归去，已无复村人。"事见《述异记》卷上。

我以此为本，参考《异苑》《神仙外传》及《论衡》中的类似传说，写成这首诗。

反正是很古很古的时候，
也许是曹魏，
也许是路人皆知的晋朝，
石室山住着一位樵夫，
每日里辛苦打柴
养活妻儿老小。

当年世上本来就人丁稀少，
何况又正值刀兵水火之后，
方圆数千里的旷野，
显得格外地寂寥；
既短不了豺狼虎豹袭扰，

也能巧遇仙翁神童遨游。
因此长出了一株烂柯人的故事树,
枝叶婆娑,简直像化石般古老长久。
说不定爱因斯坦曾从中窃取钥匙,
才一下子捅开了相对论的门钮。

话说这一天天刚破晓,
樵夫王质推开柴门便走,
他用绳子代替了腰带,
紧别住一把锋利的斧头;
和往常一样他总是照例早起,
不同的是此刻正苦苦思谋:
近处的杂木早已所剩无几,
何方能寻见草丰林茂?
为此他决心不走老路,
掉个方向,试试运气是好是丑——
只要能多砍几担木柴回去,
一家人便吃喝不愁。
太阳像一只大碗正扣住头顶,
也就是说,一天已掰去半个白昼;
家无隔宿之粮啊,
他带的糠饼子本来不够,
鬼知道今儿个为何这般饥饿?
三啃两啃自然掏空了粮兜!
更恼人的是迎面一架大山,
刀削过一般崖悬壁陡,

山头上偏偏又木叶萧萧,
一声声都在将他撩逗引诱;
一条瀑布悬挂在风中,
不似没拧干的白练,
倒像新染就的绿绸……
远远望去这山实在无法攀援,
像只大博山炉,通体光洁如釉,
天香扑鼻,紫气缭绕。
王质搔头抓腮,又喜又愁,
哦!天无绝人之路,有救!有救!
终于发现了几根粗壮的藤条,
这岂不是一架通天的云梯吗?
沿着它上去就准能直奔琼楼。
于是他勒紧束腰,利斧在手,
两眼直逼山石,斫出落脚的缺口,
长臂轻舒,灵巧赛同猿猱,
步步都如履平地,
心不跳,脚也不抖。
天哪,多么稠密的老黑林!
砍不尽的柴火正在将他恭候!
可这又是什么宝地?
周遭竟如梦如幻,神秘清幽!
只觉得心平气和,
从未吁喘如牛,
只感到浑身通泰,
毫无半点汗臭!

小溪潺潺,流贯左右,
该当是纺织瀑布的杼轴!
骄阳曝晒处,并不火辣辣,
浓荫如盖下,也不凉飕飕,
奇哉,怪哉,妙!妙!妙!

王质刚打算运斧劈树,
忽听得琴声悠悠,
还有摄人心魄的歌声,
清越,妙曼,一如高士在长啸;
因此他又多走了几步,
却豁然开阔广袤!
果然在前方不远,
有人自己吟哦自己弹奏,
铮铮琮琮,缥缥缈缈,
令他莫辨醒醉,忘却生死,不计乐忧!
乐音渐渐收止了,
那人踅进了一处洞口,
内有童子数人,
围着石桌谈笑;
鸣琴已置于匣内,
棋局则刚刚布就。

这个王质恰恰是个棋迷,
下起棋来一切都能忘掉;
结果他也信步跟去,

并且毫不犹豫地往前硬凑——
兴许有个把好手,
能学到几着高招?
那开始觉着的几分蹊跷,
这时刻已云散风消;
他断定附近必有人家,
也像他终年躬耕陇亩,
而这帮淘气的童子
不过是普通的农家年少。

他开始拭目观战,
一站定便如同钉牢。
这一个出马跳槽,
那一个隔山打炮,
这一个撒网布阵,
那一个连环结套,
直杀得难解难分,
谁都不手软告饶;
最可笑双方都轮番悔棋,
又惹出许多的争议讥诮……
谁知道斗了多少时光,
胜与负不见分晓。
陡然间腹中雷鸣,
王质才记起饥肠辘辘,
顿时又觉得一阵发苦,
口舌也火烧火燎。

主人们见此情景，
便摸出一颗金豆，
慷慨地交与他，劝他吃掉。
这玩意儿实在太不起眼，
不过像枣核般大小；
这位惯用海碗吃饭的受苦人，
不免嘀咕：该当吞食多少？！
主人仿佛将他的心事猜透：
"一粒便能管饱！"
然后又斟给他一杯流霞，
甘醇清冽，确系上等饮料，
才不过喝下半盅，
毛孔便个个开窍！
简直像兰汤沐浴，
说不出的舒畅自由！

好容易一局终了，
王质他已是手痒难熬，
正待张嘴请求一试，
却听得一声叱叫：
"你还不给我快走！"
这一惊他如梦方醒，
茫茫然想起了腰间的斧头。
哎呀呀，不得了！
原来它早已躺在地上，
钢铁斑驳锈蚀，木柄完全朽掉。

——到底是怎么回事?

樵夫心惊肉跳!

莫非这儿真的是神仙洞府?

莫非这儿无所谓阴阳昏晓?

上天呀,小民有罪,

我本俗人一个,不该冒犯误投!

想到此他扑通跪下,

捣蒜一般连连猛叩……

爬起来他匆匆赶路,

摸回村落,一切的一切都统通变了!

再也没有他的房舍菜园,

再也没有他的妻儿老小,

再也没有他的黑豚黄狗,

到处是古怪的衣着,

到处是陌生的面貌……

他捶胸顿足,他大哭号啕,

他的绝望与哀恸,

惊动了上界的麻姑仙道,

麻姑驾起祥云俯身细瞧:

"自从你那日出走,

沧海桑田已变了三遭!

如今的芸芸众生

怎明白何谓魏国何谓晋朝……"

王质听罢仰天自悼,

从此后变成了一块废料,

说疯不疯,说傻不傻,
只是逢人就一个劲儿叨叨:
管什么仙人下棋!屌!
哪如安分守己砍我的樵!

1986年4月　泾川山庄

黑色新闻联播（组诗四首）

哈雷彗星

爱德蒙·哈雷先生

从中国买去了一把扫帚①，

这是公元一千六百八十二年的事。

非常遗憾，他不认识方块字，

闹不懂为何要作这样奇怪的规定：

每隔七十六年，

方能使用一次。

他终于等不及了，

一七四二年便与世长辞。

而这把扫帚，挟着强劲的太阳风②，

十七年后，才姗姗来迟。

为了纪念这位盎格鲁-撒克逊主人，

---

① 公元前613年，中国人已经发现了哈雷彗星；"秋七月有星孛入于北斗。"这事载于《春秋》，也是人类历史上的第一次文字记录。以后在历代的史书中，累计有三十一次之多。彗，在古汉语中，做扫帚解。

② 1951年，德国天体物理学家比尔曼指出，造成彗星总是背向太阳的原因，在于太阳喷出了斥力更大的微粒流。1958年，美国太阳物理学家帕克进而断言："日冕并不处于平衡而是处于连续膨胀状态，快速粒子（质子和 a 质点等）的膨胀速度每秒可达几百米至几百公里。"他把这种连续微粒辐射命名为太阳风。

它给自己起了个正式名字：
哈雷彗星，并且开始
勤勤恳恳地打扫着全世界的院子。

有一回，它扫得如此之起劲，
致使一位可敬的天文学家
担心被当作垃圾，
而先行自杀身死。①

我才不会这么傻呢，
（不论大官小民同归于尽，
岂不更加公平，更有意思！）
可是，我深知我们祖先的睿智：
扫帚星就是不吉利，
它的每一粒尘埃，
都体现着撒旦的意志！
因此，她命令洪水泛滥与赤地千里结为
　　孪生姊妹，同时疯魔癫痴；
她让天空竖起无数雷暴的旗帜！
她教唆孩子，在飞花的季节堆砌雪人，
她引诱姑娘脱下羽绒服便换上薄裙子。
真是反常呀，简直颠三倒四！

---

① 曾有一位精于计算的天文学家，预言1910年5月——即上一次哈雷彗星出现之日——地球必与哈雷彗星相撞，世界末日将临；为了避免灾难，他自杀身亡。虽然他的预言并未成为事实，但哈雷彗星的尾巴的确扫过整个地球；只是由于组成彗星尾的物质过于稀薄，没有造成任何不良后果。

我并不是赞成迷信,
我只不过嘲笑无知,
我要求科学对这一切做出解释,
我希望掌握至今尚未捉住的某种物质!

因此,我子夜披衣起床,
四时,三时,甚至二时,
不知是由于寒冷还是敬畏,
我咬紧了牙齿。
仰望苍天,
两眼正视……
也许,我能拾到扫帚的一叶一枝?

又何不想想自己呢!
我,并不按照周期表来到人世,
因此,绝对不会再有第二次!
啊,我观察彗星,我自己不更是彗星吗?
为什么没有人观察我?
难道,就为了我没有
那横扫两亿公里的气势?!①

尧茂书

　　1985年7月24日,只身漂流长江的伟大爱国者尧茂书同志,不幸遇难牺牲。

---

① 据推算,哈雷彗星的彗尾最长时约2亿公里。

三问大夫之后,无疑,
这是中国第一次捶打着波浪哭泣。

我们呼唤,我们寻觅:
尧茂书!此刻您漂流到了哪里?

您的热血,可曾更换了长江水?
您的英灵,可曾主宰龙的躯体?

是的!是的!您的坚定的应对,
震动了整个中华民族的回音壁!

安息!安息!我们是值得您信赖的兄弟!
踏平六千三百公里惊涛,拉抻五千四百米悬梯!

海曼

多少球迷失声痛哭!
他们最爱的一只排球破了!
也许正是球王!
不是黄牌,不是红牌,
而是马尔凡并发症的一次卑鄙的偷袭
使您猝然离场。

您死于心脏大动脉血管过度贲张,
您死于一米九六,太消瘦太颀长,

您死于纤细、柔软而有力的手指,

(只有这种手指发球、接球、扣球,都顶顶漂亮!)

您死于高度近视和水晶体异常,

(我猛然记起了您的眼球暴突的形象。)

您死于金属疲劳,

您死于激动,为战友助威而高声叫嚷,

您死于弹性系数崩溃才爆发"砰"的一响…… ①

三十一岁的短暂生命,

传记只有两章:

一个加利福尼亚州普通铁路工人的女儿,

一员连珠炮似的猛将。

然而,我认为,

这些都是次要的;

最主要的只有一点,

您为了论证白色不是颜色,

替全体有色人种迸射了眩目的光芒!

挑战者号

1986年1月28日,美国航天飞机"挑战者号"失事,以指令长斯科比为首的,包括女教师麦考利夫在内的七名宇航员,全部遇难。

---

① 1986年1月24日晚,海曼在第19届的日本全国女排联赛中,她以重力扣球,压倒了咄咄逼人的日立队,使所在的大荣队领先一分;此时她突然脸色苍白,大汗淋漓,极度衰竭,教练将她换下场来。七时半左右,海曼看见大荣队又发了一个好球,兴奋得向场上大喊:加油!加油!话音刚落,"砰"的一声,便从座椅上跌落在地,呼吸立即停止了。

才不过七十三秒钟,
才不过五万英里低空,
失重感尚未明显产生,
地板与天花板也不曾混同;
一股白烟卷一股黑烟
接着火光熊熊!
你们来不及惊愕,
我们来不及悲恸,
裹着血肉的金属碎片,
像陨石雨,迫使汹涌的大西洋更加汹涌!
仁慈的上帝将一块碎骨和一只蓝袜子
溅落在卡拉维拉尔角,
报导了你们的去踪。

新大陆醒过来了,
红肿的眼睑。
惨白的面孔。
半旗。
花圈。
黄缎带。
一束一束的麝香石竹丛。
整个地球的心脏,
在纷飞的唁电中悸动!

说什么你们是美国人?

说什么我们是黄种人?
国界不过是小群体的概念,
怎么能适用于全人类的英雄!
这个星体委实太小、太小了,
现代智能早已感到憋屈难容!
我们需要更加辽阔的宇宙舞台!
我们需要绝对英勇的开路先锋!

啊,斯科比先生,如今
您只剩下了登机前录像带里的笑容!
麦考利夫女士,您应许讲的"太空课"
也变作了孩子们的噩梦……
一切重新开始吧,重新成为卵子和精虫!
难道还不令人欣慰吗?
您们全体都回到了母亲簌簌发抖的子宫!
这就预示了——
可以再一次出动!再一次发起
进攻!向太空进攻!进攻!进攻!
直到我们在月亮上开矿,
在火星和金星间开辟旅游航线,
让外星人也惊呼UFO,
然后着手去叩开神秘的黑洞……

1986年4月　泾川山庄

黄花夜市

右边——固定棚户,
现代光管灼人双目;
左边——流动地摊,
齐燃烧着古典圣烛。

中间是七彩人河,
各路口音波浪起伏;
既都是马克思主义者,
又都是商品拜物教徒。

普普通通的羊城一条街,
当当正正的时代结合部,
由旧而新,从贫到富,
划着不习惯的船儿向习惯过渡。

当然也得谨慎小心,
熙熙攘攘中必须四下环顾:
会不会有理论与生活的扒手,
在欢乐的混乱里趁虚而入?

1986年5月26日　观光归来

男性世界
——为金利来领带写的广告诗

妇女们华服宝钗，
如同那汪洋大海，
金利来兀立于波涛之中，
乃唯一的男性世界。
听香港惊呼：好靓！
看北京鼓掌：真帅！
小小小小的一条领带，
系着多姿多彩的时代！

1986年5月28日　广州

白 天 鹅

是一只美丽的白天鹅，
终年游弋于芳芷兰箸，
脖颈温柔如虹，
翅膀明亮似雪，
当她昂起高贵的顶额，
王冠上便有金星灼灼；
氤氲这般甜美，
直如地上天国！
不幸者会感受福佑，
抑郁者能得到快乐，
卑琐的人心境开阔，
急躁的人性情平和，
厌世者当发现希望，
失恋者将重浴爱河！
只是诗人啊,您可千万别将她抚摸
当心您会中魔——
白昼她引导您悠然入梦，
黑夜她诱惑您放声高歌！

花 园 酒 楼

车水马龙的闹市
铺开蜂蝶纷飞的花园,
阴霾密布的日子
留下艳阳高悬的蓝天;
瀑布悬挂窗前,
訇訇落入幽潭,
花树挺立户内,
袅袅迎风招展;
明明是千尺高楼,
您的心却大声争辩:不!这是群山,
明明是一株独秀,
您的心却做出判断:不!这是莽原。
更有那巨幅壁画,
仕女如云,亭榭如伞;
金碧辉煌,一尘不染
温文尔雅,声软笑甜——
一幢幢,一个个,纷纷立在眼前,
而绰绰约约的倩影,反而倒映于画面。

1986 年 5 月　广州

广州电视塔音乐茶座

星月为你掌灯,
云彩替你铺坐垫,
极轻微极轻微的一点点摇晃,
极轻微极轻微的一点点失重感,
两种药剂,产生了奇妙的化学效验:
你的心呀!
又惊又喜又发颤!

彩色的激光圈
开始描绘你的生命线;
不必怕沉沉黑夜,
转眼就丽日晴天;
人生本如是,
哪能只有甜?!

双簧管如庄重的哲人,
叙述着某一则寓言;
激动的电子琴像少年,
回忆起某一段缠绵;
在他们合唱的圣乐中,
须邀三两侣伴
舞翩翩……

更何况,煮咖啡用的雷和电:
冰结涟全靠雪与霰,
天上原不举烟火,
几曾似人间!
的确命中注定了
你要当活神仙!

有诗意的地方自然有诗篇,
我愿向青年朋友们推荐:
休息,这正是理想地点,
创造,它充满无穷灵感,
结婚,更可做永恒纪念!

1986 年　广州

广九路有两条

——读《遥望广九铁路》有感兼寄台湾诗人罗门先生

一

不,您弄错了,朋友,
世上的广九路
自来就有两条:
一条在地图上,
一条在心里头,
一条布满道钉、洋灰、枕木、碴石和机油,
一条却是血肉,
仅仅是血肉。
倒数三十八年,
我正是打从这条路归来的,
那时,我自以为是胜利者,
便和钢铁一道得意哗笑,
便和蒸汽一道高声呼啸。
今天无妨对您坦白,
在那个炎热的殖民地小岛上,
我曾夜以继日地大汗直流——
我替包括您在内的
另一群中国人浇铸乡愁,
浇铸

癌一般的
　　　　会扩散的
　　　　　　　乡愁!
而且,我还一边浇铸
　　　一边诅咒:
债有主,冤有头,
只有乡愁才能偿还乡愁!
一定要让那给我酿造过苦酒的人,
也喝一壶更苦更苦的苦酒!
但愿您能理解,
当时我还年少,
阅历实在不够,
同时,我的眼皮子被思乡的铅块坠了许久许久,
不懂得发抖……

二

缪斯啊,这天上最最自私的女神!
全然不管人间的恩恩仇仇,
我行我素,
自在逍遥,
她明明知道她的大姐——
命运之神,有着变态心理的老处女,
正在忙着对我下毒手,
可她就是不给人半点暗示,
反而照旧频频微笑;
等到夏季的形势,

被拖去像尸体一样做过解剖,
秋,立刻来了!
秋压心上便成愁,
秋声阵阵,
万木萧萧,
大网弥天,
有家难投!
谁敢说这不是一项崭新的发明创造?
守着故乡的流浪汉!
摸不见牢笼的罪囚!
《辞海》也罢,《辞源》也罢,
哪儿去查检这样的辞条!
呼吸并未终止,
心脏照常蹦跳,
每日往返于住地与工地之间,
失掉了目标。

哦,朋友,朋友。

三

等啊等,
盼啊盼,
熬啊熬,
终于,历史结束了它的梦游,
　　　　结束了二十载荒谬,
　　　　结束了四十度高烧,

再次发给我
一张新的护照!
国门大开,
并且正式通告全球:
除了暴力和祖宗的遗骨,
一概可以出口。
我又开始飞来飞去,
只消将钞票换作机票,
哦,长风万里,
带着后怕,
我吝惜地享受着
那本来就该属于我的自由!
然而,我却无端想起了东坡居士,
决定拜访他一度飘零的琼州。
顺路我去了文昌县,
　　　去了清澜港,
穿过内华达似的丛莽荒丘,
给国母宋庆龄的祖居献上了
虔敬者的问候!
一时兴起,又信手
拧了一下台风的总旋钮,
立刻便洗了个热带雨的淋浴,
再摘下一匹肥大的椰子叶,
篦了篦我华发凋零的秃头。
忽然间我觉得自己仿佛是一尾小鱼,
一个洄流,把我带回到最初落生的沙洲。

真的,在海南我生活得十分愉快,
我结交了许多朋友,
其中有一位开垦了菠萝园,
却种植着诗歌五十亩,
号称万元个体户,
推举县文联主席时得了最多的选票。
他特意为我办了一桌家宴,
摆上各色饮料,
他庄重地指了指一盘菜肴,
作了重点介绍:
尝尝!真正的文昌鸡!
外地卖的全是冒牌货,又干又瘦!
您看您这位乡亲多么自豪,多么富有,
山坡上一行行的菠萝,
稿纸上一行行的诗歌,
盘子里又有香脆可口的文昌鸡,
冒油珠的黄澄澄的皮,
带血丝的白生生的肉……
他肯定不知道什么叫乡愁,
(老天保佑他一辈子
　为赋新诗登重楼!)
的确,他只是个正正派派的劳动者,
他选择了正正派派的职业,
外加上正正派派的业余爱好,
为什么需要害怕?
为什么需要害羞?

这就是我一九八五年的一段见闻感受,
素素淡淡,
没有佐料。

四

喂,朋友,朋友
拜托您转告那卖花盆的老叟,
莫要把腿脚拴牢在台北市,
莫要总倚定泰顺街的窗口,
当心闹市的扬尘蒙住双眼,
当心昏花的视线受到惊扰,
根本没有什么机枪子弹架起的高速公路,
根本没有什么炮弹跨空的天桥,
(想必
这些全是脑震荡的后遗症;
嵌入老兵记忆的弹片,
天阴下雨,
便往往辐射出千奇百怪的干扰。)
这儿找不到板门店,
这儿找不到柏林墙,
这儿只有爬行在"事件"之外的破旧汽车,
只有憎恶破旧而向往美好的人性追求,
这儿只有婆娑着中世纪浓荫的大榕树,
只有发烫的石板路,只有田畴和黄牛,
只有漠然于冰镇可口可乐的古井水,
只有池塘,

只有由洗脚盆幻化出来的万吨级诺亚方舟,
只有母亲捏紧缝衣针的手,
  临行密密缝,
  意恐迟迟归。
只有断落的风筝在期待重新变作飞鸢。
天空
到底蓝出来了
  蓝出来了,
当上帝想家的时候,
天,才会这样亮瓦瓦地蓝透!

五

既然沿着水银柱上升的是理智,
估计就不会再有寒流。
何况彼此都老了,很老很老了,
  都倦了,很倦很倦了,
只希望得到一丁点儿内心的祥和,
  得到一丁点儿灵魂的优游,
别无他求!
别无他求!
因此,完全用不着三级跳,
何不径直将家门轻叩?
敲一声:笃!
应一声:有!
躬身施礼的少年,
可是您自家的真魂出窍?

门槛外踟蹰不前的
可是您生命的赘疣？
　　　儿童相见不相识，
　　　笑问客从何处来。
小孩转身去门角背后，
摸出一把斫刀，
别误会，请千万别误会！
血不要涌，
眉不要皱，
声不要吼，
千万别让半个您学那奸雄曹操，
把另外半个您当作了吕伯奢式的亲朋故旧，
你快瞧！瞧他又抱出什么来了？
肥硕的毛茸茸的椰子！
椰子里边藏着经过土地过滤的
故乡的泪呀，
椰子里边藏着经过树木提纯的
故乡的泪呀，
好一坛美酒！
甘冽如醪，
生津润喉……

别忘了，
广九路虽然有两条，
却只需要买一张票。

　　　　　　　　1986年8月　合肥

附录

时空奏鸣曲
——遥望广九铁路

罗门

1 只能跳两跳的三级跳

整个世界
停止呼吸在
　　起跑线上

车还没有来
眼睛已先跑
跳过第一第二座山
到了第三座
悬空下不来

往前　茫茫云天
回头　九龙已坐车
　　　　窜入边境
将我望回台北市
　　泰顺街的窗口

2 望了三十多年

那个卖花盆的老人
仍在街口望着老家的
　　　　花与土

玻璃大厦沿街开着
一排排亮丽的
　　　　乡愁
在建筑物庞大的阴影下
他坐在老家大榕树下的
　　　　童年
一辆日本进口的野狼牌机车
以战时刺刀般尖锐的速度
从和平东路直刺入
　　　　和平西路
穿过记忆
一阵惊慌
整块土地倒在血泊里
较澄墨还迷蒙的山水
不就是他愁苦的泪眼
望着弹痕从身上
　　　奔过来的江河
　　　　　风寒水冷
　　　　　　叶落枝垂
在机枪子弹架起的高速公路上

　　　　炮弹跨空的天桥上
每个方向都哭过
天堂的出入口
一直是久未痊愈的伤口
望着自己三十多年来
　　仍一直望着的眼睛
他疲累的视线
只能把黄昏田里那头老牛
　　　　　　拖回家
已牵不动那日渐繁华的街景
一辆西式婴儿车
推着新的岁月轻过
一排高楼耸立在
打桩的巨响里
他从炸弹声中醒来
仍看见那个抓不到乳瓶的婴儿
哭在弹片散落的废墟上
整座天空在烟火中
　　　蓝不出来
当蓝哥儿将整条街
　　　蓝过来
一群人走进礼拜堂
　　　去看圣母
一群人拥进百货公司
　　　去看岁月
他已想不到那么多

见到罗马瓷砖
　　便问石板路
见到香吉士
　　便问井水
见到新上市的时装
　　便问母亲在风雨中
　　　　　　老去的脸
满街汽笛
响起鸟声与口哨
他好想飞想跳
几十个东张西望的花盆
　　　　　　望着天空
要他一起坐下来

坐到天黑
他行动不便的双腿
便交给那只洗脚盆
　　带回童时爱玩水的
　　　　　　小池塘里
一高兴溅在脸上的小水珠
　　　　　　都笑成泪
泪是星星
家乡的星空
便亮到电视的荧光幕上
　　　　　　来看他
群星闪烁时

怎会是一群歌星
凤姐姐的凤眼
　　是沿着豪华大饭店
　　几十层高的楼房
　　　一直笑下的钻石灯
他的双目是暗在墙角里的
　　　　　　菜油灯
临睡前
年轻人拿出007里的建筑图
　　　　　　看看明天
　　　　　　用电脑算算明天
夜总是要他坐在记忆的伤口里
　　　去看存在存折与日历牌上
　　　那越来越少的岁月
从没有听过一声文学性的晚安
　　　便抱着那张单人床睡去

睡到有一天醒不来
太阳仍会起来
至于枪声还会不会响
安全理事会还要不要开
到时候报纸会说
只要地球还在
铁丝网还在
白昼与黑夜还在
白色的乳粉与黑色的弹药

都会在

3 穿过上帝瞳孔的一条线

这条线

从板门店

绕东西德走廊

  来到这里

较云去的地方远

却比脚与泥土近

这条线

只要眼睛碰它一下

天空都要回家

这条线

望入水平线时

连上帝也会想家

是谁丢这条线

   在地上

没着它

母亲　你握缝衣针的手呢

还有我断落在风筝里的童年

母亲

如果这条线

已缝好土地的伤口

我早坐上刚开出的那班车

沿着你额上愁苦的纹路
　　　回到没有枪声的日子
　　　　　　　去看你
如果这条线
是一笔描
动便长江万里
静便万里长城
那些冻结在记忆与冰箱里的
　　　　　冰山冰水
都流回大山大水
把铁丝网与弹片全冲掉
祖国　你便泳着江南的阳光来
　　　　滑着北国的雪原去
然后打开绿野的大茶桌
捧着蓝天的大瓷壶
不在那小小的茶艺馆里
从"黄河入海流"
饮到"孤帆远影碧空尽"
从"月涌大江流"
饮到"野渡无人舟自横"
让从巴黎伦敦与纽约
　　　进来的照相机
都装满第一流的山水与文化回去
让唐朝再回来说
那是开得最久最美的
　　　一朵东方之蕊

祖国 当六天劳累的都市
已想到周日大自然的风景
鸟便在天空里
　　　向飞机说
再高的摩天楼
也高不过你悠然的南山
任使一张张太空椅
　　　　往太空里放
祖国 你仍是放在地球上
最大的那张安乐椅
只要岁月坐进来
打开唐诗宋词
没有枪声来吵
世界便远到
　　山色有无中
太空船真不知要开多久
　　　　　才能到了

到不了
只好往心里望
多望几眼
怎么又望回这条线上来
原来是开入边境的火车
又把一车箱一车箱的乡愁
　　　　　　运回来

车走后
连土地都忘了
　在那里上下车
整条铁轨
鞭过天空
声声回响
阵阵痛

罗门,广东文昌县人,1926年生,现居台湾。国际诗人协会荣誉会员,蓝星诗社社长。曾任台湾中国新诗学会常务理监事,文艺协会诗创作与理论委员会副主任委员。著有诗集《曙光》《第九日的底流》《死亡之塔》《隐形的椅子》等九种;论文集《现代人的悲剧精神与现代诗人》《心灵访问记》《长期受审判的人》《时空的回响》等。

漂 流 新 解
——祝福所有赴长江漂流探险的勇士们

  1986年9月14日读报,载洛阳长江漂流探险队在中虎跳遇险,壮心怦怦,跳荡不已,感极书之。

漂流,从来就不是一种吉庆,
被捉弄,不稳定,四面有凶险的伏兵,
它叫人想起菜色的饥馑,
想起连草履虫都具备的最下贱的本能,
想起爇火,想起瘟疫,想起灾星,
想起浓雾,想起大雪,想起坚冰,
想起落叶,随狂风以飘零,
想起浮萍,因暴雨而伶仃,
想起疑惧和歧视和厌恶和鄙夷的眼神,
想起并不存在的瓦屋与棉被,
想起早已失落的响鼾与甜梦,
想起坎坷蹭蹬的世路,
想起冥冥之中不测的命运……
而你们,却情愿选择了漂流!
好样儿的!穹隆再大也捂不住洪亮的吼声,
漂流!从今而后,必须
彻底改变这个词的属性:
它的内涵,它的外延,

乃至它的模糊概念的边缘部分,
因为,中国人决心要做人!
要做完全摆脱动物团伙的人!
每天,有多少双眼睛
往铅字与铅字的夹缝间搜寻,
搜寻你们的抬手举脚,
搜寻你们的欷歔体温;
每一则新闻电讯,
都频频催促我重新登上玉龙山顶,
去捡回我那朵雪莲般的青春,
更要求我再做一次最有价值的奉献——
掐准惊心动魄的时辰,
直接别上英雄的衣襟。
啊,虎跳崖!你跌碎了我三十五载的光阴!
那时,我就曾肃然起敬
亲耳听过您自报家门!
可还记得那雪窝里的小小兵营?
(距离你不过一天的路程!)
骇人的音响筑成了一道障壁,
至大无形,不可接近,
这到底是个什么所在?
山鬼也啁啾,猿也啼,枭也鸣,虎也啸,龙也吟!
真是如雷贯耳呀,
山崩,海倾,地震,星陨,
兴许是世界末日降临!
夜夜为如此的摇篮曲冲洗,

头脑反而百倍的清醒!

唱这样一种摇篮曲的该是什么样的母亲?

当这样一种母亲的该有什么样的儿孙?

我自知不配,恨恨,

我瞩望来者,殷殷……

漩涡研磨,计时的单位是秒,

跌水捶打,计量的标准是吨。

密封罐可以撕裂,氧气袋可以飞迸,

气垫船可以甩得了无踪影,

唯一完好无缺的,是心。

只是到了此刻啊,我才翘首引颈,

祈求得到一架十万倍的望远镜!

让我仔细扪触那悬岩,那礁石,

那偃卧者胜过悬岩和礁石的坚韧!

不必猜想是不是复活的饶茂书,

不必猜想是不是冒死的孙志岑,

不论是谁,他们全共着一个姓名:

中——华——魂!

我确信,这儿迟早会立起铜像,

一组两尊:

横的是传说与兽王,

凌空而过的火焰;

竖的是现实与凡人,

飞流直下的肉身!

菊

　　《安徽工人报》举办重阳诗会,应命致辞祝贺,言谈间,偶得诗意,今补志之。

我确信,梅花系菊花所幻化,
不过换了一副新的铠甲;
请看钢铁都经不起岁月的锈蚀,
她们,却任谁也不害怕,
无论是寒秋频频的霜欺,
无论是严冬沉沉的雪压。

我确信,秋乃冬、春、夏的前身,
并且共着一缕韧的芳魂;
正因为这一缕芳魂永不寂灭,
世代结篱者才全变作了陶渊明:
放心,一定会有桃之夭夭,
放心,一定会有荷之亭亭。

1986 金菊苦斗之际写于合肥

拱 北

> 譬如北辰,众星拱之。
> ——《论语》

你的名字这样美,
教我怎么能忘记?

此刻,天上飘着微雨——
温暖的南海雨,
我俩初次相会;
难道真的有一见钟情吗?
我已下定决心
不再离去,
倒是心甘情愿
化入这弥漫的水滴,
把我每一个细胞都溶解了吧,
溅落于
你高耸的拱门之脊,
就让它们破碎,破碎,
一瓣儿往南,
一瓣儿往北,
一瓣儿往东,
一瓣儿往西……

就让它们全都渗入地下吧,
然后复归,复归,
复归为一百年的相思泪。

我说,拱北,
你可曾听见,可曾听见
我的悄声细语?
等待吧,耐心等待吧,等待
那伤口愈合得彻底,
也许,拆线之后
还多少会留下些瘢迹,
我相信,祖国的眼睛将会来抚摸我,
　　　　　也会来抚摸你。
当所有的血管再也不栓塞了,
欢乐地奔腾吧,
火焰一般的血液!
我们的母亲,肯定
会一万遍狂吻(带着一万种亲昵)
这重新结为一体的山水!
并且温柔地叹息:
啊,啊,拱卫北斗的土地!
谢谢你!

　　　　　　　　1986年12月5日　改定

保 龄 球
——赠珠海特区热心推广保龄球的吴兆声先生

拳王阿里
脱腕飞去的
一只铁拳,
准确,
沉稳,
迅猛,
直扑那些
猥琐而惶恐的恶棍。

你叫保龄。

木讷的言辞,
精明的眼神。

"正因为……国内……少见,
所以才……决定……引进。"
对! 不论娱乐
还是体育,
都应该赶上世界水平。

而面对偌大一片西班牙风格建筑群,

主人并无夸矜。

保龄,铁拳似的保龄。

别人退股抽身,
你偏奋然前行,
瞄准目标掷去呀,
保龄,
保龄。

肯定还会有风,
肯定还会有云,
肯定还会有高高矮矮胖胖瘦瘦的恶棍;
不过,我确信
铸造保龄球的并非不值钱的黄金,
啊,你的赤子之心……

1986 年 12 月 12 日

《大刀王五》

　　出访联邦德国,来回皆乘波音747,来回皆映《大刀王五》。

去也是《大刀王五》,
回也是《大刀王五》,
王五谁知归何处?
只见菜市口
爆尘扬土,
囚车上一颗头颅。

去也是《大刀王五》,
回也是《大刀王五》,
王五谁知归何处?
只见谭嗣同
裂眦决目,
伤心事并未结束……

池畔老者

　　汉诺威闹市中心凿有小池,一铜塑老者,终日垂首低眉,不知是他在观鱼,抑或鱼在观他。

喂,朋友,哪怕是暂时,
咱俩可否对调一下位置?
请代替我回家去述职,
缄口青铜,我想当无闪失。

作为血肉,我却巴望
体验这物我相忘的神思;
哦,我的往事!我的未知!
以不想为想,于我最最合适。

羊舍咏叹调
——礼赞施塞尔的少年俱乐部 ①

可能寻见那传说中的上界牧群?
别说话! 莫惊了长犄角的精灵!
无声,
无形,
全凭虔诚和幸运——
茸毛如绵密之金针,
皮张赛柔韧之金盾。

谁敢胡呲这儿有毒龙常年守门?
快端详! 当代伊阿宋②兵不血刃!
以巾,
以裙,
外带舞步与笑吟——
少女系时光之主妇,
少男诚天地之主人。

---

① 这所俱乐部是利用几个世纪前的旧羊舍改建的,含义至深。
② 伊阿宋(Jason),希腊神话人物,曾历尽艰险,取来金羊毛。

门楣上的铭言
——参观乡村博物馆有感

十株八株绿树,
三间五间茅屋,
不下雨牧场也像涂了青釉,
羊儿咩咩,牛儿哞哞。

井台上的桔槔如同驼背的老人,
石坨、木杆、藤条,全被湿漉漉的苔藓裹住;
若隐若现的沙土曲径,
一直通向了十六世纪末、十七世纪初。

四周都是漂亮的住宅和别墅,
里里外外,一切都标志着时代的脚步;
但它们的另一张面孔却朝向过去,
筑成围墙,坚决将粗糙的无价之宝爱护。

苇秸垛成的房檐虽然晦暗,
每一块门匾偏用辉煌的青铜浇铸;
典雅的花体金字:劳动与祈祷,
将历史总结得何等简朴!

劳动为维持肉体的生存,

祈祷求安排灵魂的归宿；
是的，食物和信仰都不妨自行选择，
但人生倒必须走这唯一的正路。

月亮从东方追来

月亮从东方升腾,
探望我故园的窗棂,
你到底应许了小女儿什么?
哄得她含笑端详自己的梦境?
你的光波是这般晶莹,
洗着洗着,长长的青丝便染黑枕衾。

月亮从东方追来,
轻按我客居的门铃,
可能熨平老父亲跋涉关山的苦辛?
要不,何以眉间盈满着怜悯?
你真的是七个钟头以前的你么?
我不相信,因为那儿早已天明。

风　车

　　沿易北河口一带,处处可见此等庞然大物。

莫非这就是当年那一架?
唐·吉诃德曾与之好一场厮杀!
右手持矛,左手持盾,
胯下还夹着一匹瘦马。
我可不是骑士,也并非来自西班牙。
更没有庄严地老眼昏花;
我只有完全不同的幻觉——
快扶正它!基督的十字架已经倾斜!

晚　祷

　　车行北德乡野,所闻,所见,所思,所感。

是谁照例满天放飞如此庞大的鸽群?
徒然衔来了耶稣基督本人的亲笔信!
四顾茫然,找不见米勒的一片虔敬,①
唯独晚霞垂手默立收敛起缤纷舞裙。

不远处肯定有一座乡村教堂,年迈多病,
也许当初马丁·路德曾来此宣讲过福音;
无奈股票商跟随了撒旦,机器拒绝信神,
一切当胸画十字的动作,都是一种惯性。

---

① 米勒有幅名画,题名《晚祷》。

石　头

　　著名小说家瓦尔特·坎波夫斯基曾在东德蹲监狱多年,后定居西德,竟随身带去一块牢房的石头……

先生,您教我说些什么好?
望一眼这写字台下面嵌着的石头,
谁能不思绪如波涛?

您说,您每天伏案,就用这块记忆垫脚,
于是那久已逝去的岁月,
便一一倒流进大脑……

突然间我想起了远古,心中一阵烦嚣,
祖先和儿孙谁更聪明?
二者择一,是选石斧、石纺锤还是选石墙、石牢?

何况,它未必经得起仔细解剖,
这块石头和我们那儿的
也许正采自同一个地层构造。

老实说,我并不喜欢它的冷酷粗暴,
不过,我想,要铺筑通向天国的阶梯,
还真短不了这种材料。

您知道，石头也曾将我狠砸猛敲！
那光景、那滋味的确难熬，
先生，教我说些什么好！

红 灯 区

汉堡是世界大港,有闻名全球的红灯区。

果真是不夜城! 仰望层层高楼,
密密麻麻,缀满了暗红的星斗;
变幻莫测的 Sex 霓虹光管,
像眼镜蛇扭动着它的细腰。

没有执照的女郎兀立墙角,
不断和过往的男子拉手、调笑,
然后便一本正经地讨价还价:
一方需要的是钱,一方需要的是肉。

所有的大门都敞开欢迎远客,
脱衣舞,春宫片,活人表演,应有尽有,
尊贵的欲火中烧的先生们!
听君选择:春风一度还是温存终宵?

莫非人类必须跋涉这个魔鬼泥沼?
由于惊骇,我的眼珠子险些飞掉;
为何又各种肤色各种语调都竞相奔走?
有人解释:午夜开始夏时制,短了一个钟头。

献给某些爱狗的姑娘

德国有多少娇媚的女郎！
无论浓抹，无论淡妆，
都令人击节赞赏。
若说到唯一的例外，
那就是个别爱狗的姑娘，
她们发狂，别人发慌，
我实在替英俊的小伙子叫屈——
情场上，莫非要与狗较量?!

梗个头很小，颜色棕黄，
终日占据着玉掌；
而粗壮骇人的长毛牧羊犬，
却是一副又蠢又脏的凶相；
何况另外的一种
活脱脱简直是狼！
尽管它的主人们
一个个挖空心思
打扮得仪态万方——
为了衬托小梗，
手指，手腕，全都闪耀着虹光；
喜欢牧羊犬的
则一律仿毛大氅，如同牧人一样；

宠幸狼狗的,短筒靴一双,
再配一套猎装,
(亲爱的,不知你是否带枪?)

诗人也难免说粗话,
请原谅。
假如我的名字叫作克劳斯或者贝朗,
坦白地说,我绝不希望
有第三者同床。

一 日 四 季

1987 年 3 月 30 日纪实

真后悔,干吗我拉开旅店的窗幔。
寒鸦点点,树枝全被那铅块压断;
残剩的几匹秋叶叮叮发颤,
像补缀老兵破衣的金属薄片。

……那儿比北京要低三至五度,
整个欧罗巴正在雪暴蹂躏下呻唤。
不带大衣和风帽,固然轻便,
会不会变成一场可悲的冒险?

马达催促登程,随手将门关严,
果然,高速公路一直通向冰渊;
空中撒下大把大把玻璃蛋,
地上飞起成堆成堆水晶砖。

也不知道车轮何时停止了旋转,
揉揉眼偏发现此地正梨花烂漫,
朋友们把我搂紧在宽厚的胸间,
哈!每一颗心都揣着火爆的夏天!

答一位绿党党员

依我看,你们这儿
连森林也具有古典哲学的特点:
长于思辨,
勇于批判。

你们的森林告诉我,
绿化,是一个涵盖万物的观念:
政治——要绿化,
经济——要绿化,
道德——要绿化,
只有绿化,才能防止地球的癌变。
不要酸雨,
不要污染,
不要蘑菇云,
不要切尔诺贝利核电站,
不要虐待老人,
不要歧视伤残,
不要失业的恐慌,
不要男性的专断,
不要暴力,
不要军事集团……
让每一棵树

都享受一片干净的自然，
让每一粒籽种
都能得到"自我实现"，
上帝将微笑
小鸟会礼赞……

记得我们初相见，
隆重的外交礼仪，笑语寒暄，
女士们和先生们
裙裾，礼服，织出了一派典雅与庄严；
唯独您，把揶揄和嘲弄
掩藏在浓密的络腮胡里边，
一套宽松邋遢的便装，
一件不打领带的衬衫。
接着，我们交谈，
你立刻开门见山：
是红党吗？
我，可是绿党党员。
朋友，你明白我意味着什么吗？
——对现存秩序的抗议与挑战！

好的，现在我也可以答复您，
同样我是一棵树，
同样我有着根须，枝干和树冠，
同样我渴望
新鲜的空气，纯洁的水源，蓝的天，

当然,我是一棵开红花的绿树,
我是红棉。

最末一位容克后裔

主人挺直了背脊,
但步态早已泄密;
我猜,他和古堡
怕有相仿的年纪。

指点逝去的荣耀,
当然是不宜剥夺的权利,
尽管声调苦涩,
领带和袖口也沾有油渍。
你爱怎么想就怎么想吧!
斑斑白发似乎在悄声低语,
到了黄昏,
白昼就是回忆。

厅堂和内室却明净如洗!
安谧,安谧,第三个还是安谧。
完全能听得清楚
那昔日煊赫的鼻息。
到处挂满了铁十字勋章,
刀。剑。弩机。
还有铠甲和头盔。
一张张彩绘的谱系,

全滴着高贵的蓝色血液;

祖先们从墙头俯视参观者,

有的矜持,

有的平易,

有的嘲讽,

有的神秘。

但他们心底明白,

(掩饰不了几分快慰!)

这失去了光环的门第,

总算还香烟缕缕……

儿孙们哪儿去了?

普通人的普通岗位;

不值一提,

因此毋须考虑世袭。

倒应该察看那长满青苔的吊桥,

刻下了多少足迹!

年轻,自信,有力。

不过,下班归来,的确疲累,

他们没有工夫

在这儿凭吊西天流霞,

唯愿晚餐丰美,睡眠安逸,

以便清早起来,

跑步出去

迎接德意志的晨曦!

葡萄酒旋风

联邦德国大众汽车厂将1981年创制的高级轿车,命名为桑塔纳,不满三载,又被更优秀的型号所取代,但目前我国上海正在大批量生产。

据说,桑塔纳系美国加利福尼亚洲一谷地,不仅盛产葡萄酒,而且常年大刮旋风。

Wolfsburg①的旋风睡了,
高脚葡萄酒盅也纷纷碎了,
一跺脚桑塔纳奔上海去买醉了。

转眼间贪色的风神乐颠颠笑了,
宣布与黑眼睛的小酒娘同居了,
他还弹着响舌说:找到优种紫玉了。

被惹恼的中国小伙子全都吃醋了,
咒刀誓剑被牙巴骨磨得飞快了,
妈的!咱们自己的黄旋风应该来了。

---

① 沃尔夫斯堡。

莱辛憩·园

这一方苍老的墓碑,
是您从地穴萌生出来的灵魂;

这一匝密集的栗树林,
是您多刺复不断爆炸的灵魂;

这一束冷艳的石竹,
是您无言却脉脉含情的灵魂;

这一具黄皮肤黑眼睛,
是您倦游中国后回归的灵魂。

跳蚤市场

河水为何默默无波涛?
不知道。
铜像当年又是谁创造?
不知道。
什么手在基座上胡乱涂描:
CAOS? 不知道。

哪些角落
遗留着这伙人的褴褛?
如许胃囊
可也在研磨着面包?
不知道,
不知道。

  我只听说,我只听说,
  小小的集市有个绰号:
  跳——蚤!

是我自家绕着地摊兜圈瞎跑?
还是它们已经悄悄将我缠牢?
不知道,不知道。
莫非地球上还存在着第三个德意志——

一大批连德国人都不认识的一母同胞?
不知道,不知道。

　　我只听说,只听说,
　　小小的集市有个绰号:
　　跳——蚤!

寻找小胡子

前一阵读报纸,
说是那个魔王小胡子
隐名埋姓,正藏在南美某个城市;
柏林地下室里发现的
并非他的真尸。

唉,地球怕要吓糊涂了,
类似的耸人新闻,
这,已经是第几次?

我不免也将信将疑,
如同面对断代的考古学家,满腹心事;
恰好赶上了去波恩做客的机会,
何不顺路勘察一下有关的遗址?!

先采访一百位满头白发的海因茨,
再采访一百位刚长胡髭的汉斯,
问答结束时,
我,还真的仔细辨认了脚印
带不带马刺。

必须实事求是。

应该说,他们当中
有的颜面肌肉好一阵抽搐,
仿佛猝然中了流矢,
有的低下头,避不正视,
目光中却燃烧着羞耻,
有的,则襟怀坦白,语气激烈,
对过去的邪恶痛加申斥……
是不是可以依赖
这种种的表情和言词?

无法落实。

只有当我来到大众汽车厂,
工厂创始人的寒碜的铜像
才给了我结论性的启示——
嘴唇被涂满红漆,
象征着一段喝血的历史,
周身唾沫未干,
表明了与垃圾桶相等的价值。
当然,细心的朋友早就打过招呼,
不要问他是谁,叫什么名字;
这条河是不能上溯到源头去的,
源头尽管存在,然而,但是……

啊,我明白了,

这才是德意志民族的整体反思!
例外当然不可避免,
如此崇高的哲学王国门外
哪能不徘徊着少数白痴!

此刻,我倒是想起了亲爱的邻居,
(巧得很!他们也是小胡子!)
想起了广岛、长崎,
想起了那一年一度大张旗鼓的官方祭祀
也想起了他们总也想不起来的
南京之死。

海 鸥 意 象

　　1987年4月5日,在汉诺威,贝朗先生请我们看了一场完全没有演员的电影:《海鸥》,主角是一只美丽的水鸟。它飞。它唱。它孤独而无畏。

精灵哪有形体?哪有血肉?
不过,她倒有名字,
打我们祖先起,就管她叫自由。

啊!高贵的意象!自由!
人,只能以心去感受;
齐白石和毕加索,都因你而郁郁撒手。

我为你庆幸,也私下嫉妒,
那追踪你的幽黑的枪口
竟是多情的广角镜头……

闻　笛

1987 年 4 月 7 日，
下午 5 时 35 分整，
哈默尔城，
亲爱的花衣吹笛人，
我，亲耳聆听了您的笛声。

哦，这洞开的洞开的城门！
哦，这沸腾的沸腾的游行！
本来我也想跟踪而去，
天涯海角，哪儿都成，
只要能找到信义和公平。

可我最后还是决定
留下来，在一切地方都留下来做证：
贪婪的老爷怎么变成了丑恶的老鼠，
掏空仓廪，灭绝百姓，
赛过黑死病。

钟　楼

哥——廷——根！典型的德国语言！
典型的德国模式！强大的爆发力，不打弯。

然而，连出膛的枪弹都有她温柔的侧面，
急剧的旋舞，描一道优美的抛物线。

于是，我的目光落在了教堂的塔尖，
那儿，每年轮替定居两位多情的少年。

忍受着又战胜着种种艰险和不便，
目的么？传统本身就是权威的答案。

我对市长先生说，您的孩儿们真勇敢！
懂了，悲壮的浪漫，等于哥廷根！

牧 鸭 姑 娘

哥廷根大学城中心广场,耸立着一座精美的铜塑:牧鸭姑娘。当地传统,谁得到了学位谁便有权利爬上去搂住她亲吻。

姑娘多么娴静,
姑娘多么羞怯,
不听话的长裙
偏偏迎风摇曳。

双手抱着的雏鸭
在怀中何等伏贴;
一个名字它频频呼唤,
换来了主人的暗暗感谢。

那是一位诗人——
风流倜傥的海涅①,
管他有没有什么学位,
唯愿他吻得热烈!

可是如今的广场,

---

① 海涅,德国大诗人,曾就读于哥廷根大学。

忽然游荡着朋克①,
吐绶鸡冠似的长发,
竟被粘胶挺然板结!

受了惊吓的牧鸭姑娘,
想逃,却难以逃却,
只得祈求风儿,
别再把裙裾翻揭……

---

① 朋克,一般认为是20世纪80年代的嬉皮士,专以放浪形骸来惊世骇俗。

鼻烟壶和自我介绍
——戏赠 H. L. Arnold 先生

很抱歉,这是邓①送给您的鼻烟壶,
一只完好如初,
一只毁于颠仆。

请不要伤心,请且慢动怒,
我本人是您从未见识过的感情胶乳,
经过我的修复,一切都更强固。

---

① 指中国著名作家邓友梅先生,他与联邦德国著名评论家 H. L. Arnold 先生不仅是文学知己,而且是吸鼻烟的同好。

科 隆 香 水

　　科隆香水,全球久享盛誉,每瓶售价五马克;以联邦德国普通人的收入水平衡量,可谓相当便宜。

女人,男人,裙子,衬衣……
走在科隆街头,好浓烈的香气!
我,不习惯地耸动着脆弱的鼻翼,
疑是玫瑰,胜似玫瑰。

我的鼻子就是中国的鼻子,
长时间被医生强行封闭,
据说,他深怕我中了毒瓦斯,
又担心我会受到麻醉。

然而什么也不曾发生,
带回来的鼻子还是原来那一个,毫无变异;
倒是头脑不再过敏了——
竟根据气味去划分阶级!

科隆大教堂静坐片刻

前排几位老妪……
中间几位少妇……
后面几位须眉皤白的长者,
当他们画十字的时候,
不小心露出了袖口上的油污,
(也许是鳏夫?)
前后左右,零星错落,
全都在专心致志地咀嚼
神圣的痛苦。
我,一个东方来的异教徒,
随便找了一条靠背椅坐下,
也学他们的样子,屏息闭目;
虽然我无所祈求,
尽管我感到孤独。
此刻,我不过是想呼吸一点
凝结了两千年的
这干酪般芳醇的静穆。

看圣坛之上,
一排又一排白烛,
猩红的火苗,各自跳着小步舞,

我忽然记起了开遍家乡的山踯躅①！
朋友们，请宽恕！
我还顺便匆匆瞟了一眼更高处，
唉！那耷拉着脑袋咧着嘴的，
是被钉在十字架上的耶稣！

这时，该死的意识流
又漂过来一本好书：
《迷惘》——
老眼昏花的诺贝尔，
花了五十年才排除了迷惘的烟雾。②
那个不信神的讲德语的艾利亚斯·卡奈蒂，
怎样揶揄了可怜的主？
牙痛病！是的，他说耶稣患了牙痛病，
就差不曾开一张处方笺：
多少克镇定剂，内服，
多少克消炎膏，外敷……

我害怕我自己会笑出声来，
赶紧起身悄悄踅出；
仰望苍空，
乱云飞渡，

---

① 山踯躅，即指羊踯躅。系杜鹃科灌木，开白色花朵，我国东南数省山野丘陵地带多见。——刘粹 注
② 奥地利作家艾利亚斯·卡奈蒂的《迷惘》发表了将近五十年，才获得诺贝尔文学奖。——原注

这一百五十七米的骇人高度!
我深深地鞠躬致敬了,
哦,使上帝巍然的
是人的建筑!

致罗累莱

　　罗累莱,传说中的莱茵河水妖,德国众多诗人都为之吟咏,如克莱门斯·布伦塔诺和约瑟·封·艾辛多夫等。其中,亨利希·海涅的名篇被公认为千古绝唱。

莱茵河水静静静静地流,
没有漩涡,也没有暗礁,
只见林立的古堡夹岸对峙,
还有那斑驳孤笙的海关塔楼。

哪儿去寻访迷人的金发水妖,
踞坐于山峰之上,以金篦梳头?
我怎么感受不到你磁性的引诱?
难道我不也是多情的水手?

罗累莱啊,可愿结识一位中国女友?
霓虹裁飘带,云雾剪衣袖;
但她不如你幸运,眼泪封冻了玉喉,
无言阳台,伫立了多少个春秋!

也许,不同的内心正如不同的外表,
欧罗巴的奔放,亚细亚的含羞;
不是说歌唱如银,沉默似金吗?
无论金银,都闪烁着对福祉的渴求!

铁 鲸

莱茵河上,泊有一艘鲸状铁皮船,这是当地居民为了纪念数十年前一头巨鲸蹿入内河而制作的活动雕塑。

您决定作一次壮丽的自杀旅游——
饱览过花花世界的千种娇揉,万般无聊,
再从从容容告别那无可名状的烦忧;

最可恼人们却热心地奋力抢救,
他们连哄带逼,硬将您推出海口,
自己呢?好笑!何尝享受过半点自由!

望着您,我感到痛苦,我觉得害羞,
和您一样,我也无法将生命之谜参透,
莫奈何,只好把这奥秘原封退还给宇宙。

波 恩 红 唇

在联邦德国首都波恩,从人们的汗衫直到林立的旗帜,到处印有故意写作"B ⬤ NN"的字样,而且,这个变成了嘴唇形状的"⬤",特别红艳醒目。

Bonn！Bonn！
人人赞美你的今天；
一簇高贵的花
掩藏在字母中间。

Bonn！Bonn！
处处祈祷你的永远；
一蓬神圣的火
燃烧在字母中间。

莱茵河畔青草芊芊；
少男少女胸衣饱满；
商店橱窗琳琅耀眼；
政府大厦廊柱庄严；

唯有你的飞吻所向无敌,
仿佛两瓣一合便是国会印鉴；

凡不加盖这枚图章者概属非法，
肯定逃不过良心的裁判！

奉劝皈依了东正教的痴汉，
不敢任意亵渎德国人的情感！
一望见甜美丰厚的嘴唇，
就胡扯什么"爱滋病传染"！

子夜散步

翻遍了许多用烟囱签名的城市,
一读波恩,便爱上了这首田园诗。

你看那石块铺成的街道,
你看那常春藤编就的房子,
你看那平缓的河滩,
你看那安静的船只,
你看那轻闲的白云,
你看那愉快的旗帜,
就连偶尔发出金属撞击声的电车,
也和它胸有成竹的司机一样
全神贯注而又若有所思……

我实在舍不得念完这些迷人的句子,
我甚至暗暗诅咒即将离别的明日,
我上了床,又决心再穿上衣服和鞋子。

迎面走来一位穿绿呢军服的巡逻兵士,
手里牵着警犬,
腰间别着枪支,
他朝多情的外国人瞄了一眼,
便微微地笑了。

喂,朋友!是不是
你写了这首田园诗?
能告诉我吗?是什么样的素质
使得拉上窗帘的波恩
保持与白昼同等优雅的风姿?!

花　　店

每当走进花店,便不禁坠入迷恋,
而且,马上会经历一场快乐的蜕变;
仿佛,我原本是北京的一只茧,
远涉重洋,目的不过是为了将它咬穿,
同时让粉翅爆出三倍的光艳。

请记住我周身流贯神秘的东方血缘,
我是需要提防的,我的每一个神经元
随时都准备验证庄子的寓言——
一旦我真的化蝶了,我还要淘气地偷看:
这儿有千百种斑斓您打算朝哪一瓣召唤?

积木堆里的化学反应

日恩斯。
莱茵河畔的小镇。
一幢幽静的宅院。
一个和睦的家庭。
玩积木的孩子跑出去了,
红红绿绿的一堆
唤醒了两颗肤色不同的童心。
您,白了双鬓,
我,秃了脑门,
谁也没有提议,谁也不曾邀请,
不约而同地两个人席地坐下了,
立即着手描绘一幅共同的美景。
魏纳尔先生,看见了吗您?
令嫒正弯着腰咯咯地笑个不停;
从她的笑声中我分明听到了
我女儿在中国也摇响了她的银铃。
是谁抓住了这一刹那的得意忘形?
咔嗒一声摄了影!
起初我们一惊,
紧接着彼此交换了一个淘气的眼神:
对!就这么决定!
将来不妨给这张照片如此命名:

积木堆里的化学反应,

副标题是,两个老儿童的友情。

擦肩而过……

四岁以前的贝多芬,故居在波恩;法兰克福为歌德诞生之地,亦有纪念馆;可惜,均无缘瞻仰。

原谅我吧,
原谅我!
上帝禁止我们彼此抚摸。

匆匆行色中
我注视每一辆童车,
目光在频频询问:
几岁了男孩儿?
乐之魂魄!

原谅我吧,
原谅我!
上帝只许我们擦肩而过。

依依恋情中
我端详所有的老者,
嘴唇在微微嗫嚅:
学习浮士德!
战胜诱惑!

波 恩 时 间

朋友们送给我一块表,
精确,美观,轻巧;
我赶忙拨准了波恩时间——
当飞机半空的时候。

数字显示仪如同心跳,
那无声的德语已被我猜透:
至今它还坚持要我再度前去——
对时,对分,对秒。

1987 年 3 月 23 日—4 月 14 日
德意志联邦共和国

泰山天街

泰山顶上浮着一条天街,
这条街左、右都通向云彩;
不过我宁愿选择山脚的泥土——
谁稀罕那游手好闲的世界!

不错,泥土里总是生出些痛苦,
从痛苦中我偏反刍出幸福;
荒谬吗? 不!告诉你一个神秘的数目:
一辈子只大笑一次,一次便已满足。

我不是莲,毋须麻来教育,
莲虽高洁,并不讳言黑污;
把神仙统通赶回天街去吧,
人间的水,理当属于人间的鱼!

1987 年 9 月 12 日　梦中得句
1987 年 9 月 14 日　定稿于金川

醉 翁 亭

莫相信那自称醉翁的人,
您能比得上他清醒?!
读罢《醉翁亭记》,
失去了亭,却得到些郁闷。

也许真该跳进酒池沐浴?
至少也得学会牛饮;
步履踉跄了,
世路反见平整。

我今倚石小憩,
充了醉眼中的风景;
相对会心一笑,
人也罢,物也罢,何必过分较真!

1982 年拍摄时腹稿
1987 年 9 月 18 日　写于金川

水墨画：皖南黟县西递村古民居

当昼的太阳直射，瞄得可真准，
古牌坊像身披铠甲的老兵，
脑门心中了一把金矢，却挺着，
不淌血，也没有仆倒的身影。

汩汩的山溪，长长的绿吻，
那舌头既柔软，又潮润，
舔湿了所有的深巷，所有的浮云，
何处悠悠这捣衣的砧声？

四下里瞅瞅无人，
可一砖到顶的高墙锁不住烟火的温馨：
刷饭甑，呼噜水烟袋，呛咳，唾，擤，
还有觊觎金鱼的小猫喵咪于天井……

中堂泛黄，联楹剥损，模糊了檐雕的戏文，
绣床是房间里的房间，上有板棚，下有踏凳；
而石苔涂满了三百岁的游魂，
偏偏谈论着发放居民身份证。

1984 年　腹稿
1987 年 9 月 23 日　金川落笔

后 出 塞

尽管长城不是一根皮尺,
咱们却向来把它当尺使;
只要比着身材一试,
便可量出长短价值。

那结果倒也教人踌躇满志:
中国文明渊博,番邦野蛮无知,
中国丰饶第一,番邦缺衣少食,
中国尊卑有序,番邦寡廉鲜耻。

这良好的自我感觉,当自始皇帝始,
二世,三世,乃至万世;
直到发展旅游、大赚外汇的今日,
秦砖汉瓦,遗产忽而又变成投资!

再不用烧狼粪,再不用盼王师,
守关者谁?一位司阍,一把剪子,
咔嚓!门票每张售价五毛,
轻松着的是那照旧沉重的历史!

1987年9月24日　忆嘉峪关印象

无名的雅布赖

内蒙古自治区阿拉善右旗大漠之中,有一座盐池,叫作雅布赖。几乎没有人知道它,然而,我却认为它是大地情志的真正载体。

起初您也未能免俗,不断地用衰草当花戴,
渐渐地,终于连草根都拿不出来;
无奈何您凄然一笑,
哦,芒硝镶的假牙多么晶亮可爱!

像造物主失落于历史底层的梦,
一面积淀,一面升华,足足两万五千载;
如今虽浓缩为小小一盏晶汁,
却令人遥想那无边的澎湃……

梦死了,海枯了,涛声泯灭于天外,
仅剩下无形无色的余韵,还贪恋着大千世界——
想炼就生命之盐么?
学会像雅布赖,咬牙忍耐:

忍耐这悲哀的悲哀的寂寞,
忍耐这寂寞的寂寞的悲哀;
偷偷地我用食指蘸您于舌尖,

苦！原来苦就是等待。

1987年9月25日　金川

琴　鱼

　　安徽泾县有一条琴溪,每年三月汛至,琴鱼结队而出,小于锥而大于针,数日即不复见。当地传说着它的故事……食时必须以茶代酒,否则无味。

春。

九九八十一天的
最后一个时辰,
暴雨倾盆,
一炉丹砂倾覆于绝顶;
火之流
哧哧惊叹着,
溅为鱼群。

这便是一个道士的命运。
神
也犯有虐待狂吗?
何以竟
不放过与世无争的人!

煮鹤,
焚琴,

老道不知所遁；

空剩下

任谁也挣不脱的红尘，

天地弥漫，

至大无形。

乃有眼前餐桌上

摆出的一只浅碟，

佐以香茗。

我咀嚼

　　　复咀嚼，

品出了汞，

品出了砷，

尽管，这帮阴险的元素

早已大大超过了微量的标准；

不可容忍，

只得容忍。

1987 年 10 月 23 日　合肥

梦　蝶

只有傻瓜才写诗，
只有痴汉才做梦。

一辈子做了多少梦，
噩梦醒来又做白日梦。

小时候，错把梦当真，
欢欢喜喜，抓牢糖果和玩具，
一旦尖声哭叫，
准是被恶狗咬住了裤腿。

渐渐地，不知不觉地，
我变得世故了，
（这是从哪年哪月起？）
居然，锻炼得
在梦里也能沉住气；
尽管，老有开不完的批斗会——
还有什么可怕的呢？
梦不过是一只接一只的风筝，纸扎的。

我等候的蝴蝶却迟迟不来，
蝴蝶不爱在床上睡。

1987 年 10 月　合肥

长江与一滴水

　　《长江文艺》满三百期了,作为她的忠实朋友,我要为她唱一支祝福的歌……

我是一滴水,
小小的一滴水,
无论是在今天,
也无论是在昨日。

我是一滴水,
小小的一滴水,
可能将变云彩,
也可能将化虹霓。

但我绝不学朝露,
随落英而形销骨立;
我已投身于长江,
博得了永远的呼吸。

有多少未来的世纪,
正等待长江去描绘?
一滴必定长寿,
因为长江万岁。

1987 年 11 月 11 日　合肥

为您的手祈祷

——读《上海生与死》第十一章《拷问》有感，
遥寄作者郑念女士

我的目光如钻头，
犀利、沉默、执拗，
地球为之洞穿，仿佛
打通了一条透明的隧道：
从这座东方大港
（它曾经是囚禁你的死牢）
我瞭望您，直接能看到
华盛顿近郊。

这目光扑向您那双手，
吻它，受尽屈辱的手，
吻它，布满伤疤的手，
吻它，它的每一个关节
都因高贵的记忆而自豪。

我就地跪倒，
我决心让您看一看
一个无神论者，怎样通过自学
达到虔心虔意地祷告。

如今，时序又值冬令，
似曾相识呀，沉甸甸的天空，
似曾相识呀，沉甸甸的雪暴，
您的手还痛么？
还痉挛还肿胀么？
我多么盼望，美联社
为此播发一则专题报导！

该死的一九七一年一月！
（那时候，我
被冻结在冰封的大寨田上
为深翻地运动抢镐）
我敢肯定，我的确瞧见了
在铁笼外边逡巡围观的
雄性的和雌性的
豺、狼、虎、豹，
给人之子扣上了一副手铐——

一直扣进皮肉，
一直扣出血泡，
一直扣得生疮化脓，
一直扣得腕骨凹下深槽，
十个手指头变成十根胡萝卜，
一直扣得您断定即令残废也值得一试，
并且欣慰地想起了那断臂的荷兰画家
有一双理当赞美的万能脚……

"背诵最高指示!"
"一不怕苦,
二不怕死"
简直像神谕呢,
这倒是最恰切的宗教信条!

"带着花岗岩脑袋见上帝去吧!"
豺、狼、虎、豹
一致认为
您的回答是忤逆、亵渎、挑衅和讪笑,
它们把手铐又紧了紧,
同时以耶和华的名义齐声咆哮。

于是,您开始祈祷,
整座地狱静悄悄,
唯有您的嘴唇翕动,
唯有上帝心中明了。
中国啊,
我们,爱国的男女老少,
怎么向你报效?

据说阳春已来到,
但我仍旧要祈祷,
为您的手祈祷,
为我的手祈祷,

为您的祈祷而祈祷，
为我的祈祷而祈祷；
我没有上帝，然而我祈祷，
祈祷。

1988年1月6日　上海

每当我陷落于骚动的人群……

> ……弟子问于庄子曰:"昨日山中之木以不材得终天年,今主人之雁以不材死。先生将何处?"庄子笑曰:"周将处夫材与不材之间。……"
>
> ——《庄子》外篇·山木

每当我陷落于骚动的人群,
立刻感到孤独与郁闷;
一旦周遭岑寂,万籁无声,
连树叶上的风儿也犹自未醒,
我乃爆发强大的生命力,一如
奥林匹斯山上的尊神。
我相信,唯有0是无限大
而最小单位当数恒河沙尘;
诞生既不意味着增殖,
灭亡也并非等于消殒。
我猜想,不忧其忧,不乐其乐,
正合乎天地之本心;
卵一般完美且高贵的是
浑沌,浑沌,浑沌。

1988年1月28日 合肥

梁山酒歌

梁山好汉,
提根哨棒,
巍巍,悠悠,晃晃,
踏倒丛莽,
有梁山酒——
一碗垫肚,
两碗壮胆,
三碗结伴。

须提防,
吊睛白额通体斑斓占山为王的虎
当年
并未扫数打杀完!
劝君更饮梁山酒,
一碗,
两碗,
三碗,
前路还有景阳岗……

1988 年 4 月　亳州

我对南风诉说……

　　寄赠新加坡六位诗人:周粲、史英、贺兰宁、垂仰、林康、严思先生。

泅渡南海之汹涌,汹涌,
攀越南山之高耸,高耸,

椰林,南风,
蕉丛,南风,
泪痕,南风,
笑容,南风。

相见时难别亦难,
何日得重逢?

也许,生命将坠灭于时光激流,
无影复无踪;
那就让后人寻找黑匣子去吧———
线索:周遭漂浮着亳州紫桐!

1988 年 4 月 25 日　合肥

问礼巷白日梦

安徽亳州城内,有问礼巷,相传为孔子问礼于老子处。

之一

奄奄一息的汉桓帝,
斜倚着断壁;
唐高宗有个好爸爸,
所以敢当街横立;
那嬉皮涎脸的是玄宗,
此刻,心里正想着杨氏姊妹;
宋真宗兀自缩进墙旯旮,
生下来他就是窝囊废……

这帮九龙衮身的家伙,
哪一个是好东西!
可他们全都把自己的魂儿
丢在了这里;
陋巷虽陋,
名字能讨个吉利。
为求万年根基,
贵为天子,
也只好屈尊前来学习——

这个高举着麦克风，
那个摆弄着录音机，
还有记事本儿，
还有圆珠笔；
且按捺下心头的火气，
引颈盼望，
那早就该死的
但居然在陈蔡之间不曾饿死的
　　唠叨鬼，
试看能否采访到几则所谓
李聃——孔丘高峰学术会议的
　　消息
比如，怎样用"礼"欺骗百姓
以及礼的字面上的定义。

"亲爱的先生们，
无可奉告，
本人谨向诸位表示歉意。"
老滑头！
你从什么时候起
竟学会了外交辞令？！
害得这许多万岁爷
空手而归！

从此，

治也罢,乱也罢,

反正无礼,

无礼可依。

之二

如今我也前来,

却并非问礼,

只为

凭吊人心的遗迹。

土路坑坑洼洼,

硌破了我的鞋底,

遥想两千四百八十年前,

孔丘先生受的叫什么罪!

仅仅装配两只木轮的"皇冠"

该当嘎吱嘎吱地

呻吟啜泣……

我茫然四顾,

没钻错了胡同吧?

《县志》上描绘过的石狮子

怎么两个竟丢了一对?

莫非是饿跑了?

可以理解,

主人原本出生于"苦",

当然穷,当然无肉可喂。

难怪"道德中宫"的匾额,

也长了青苔,积了尘土,发了霉!

再看拱形的大门洞,
又被砖块封闭;
这会儿谁住家?
端的不姓李!
新主人想必讨厌烦絮,
才想出这一招加以隔离;
但似乎倒也证明了
像我这样的傻瓜,世上
并未绝迹——

打斜刺里晃过来一个小伙子,
二十啷当年纪,
长发披肩,
恍若魔女,
隆裆的牛仔裤
紧裹一件T恤:
"探头探脑地,
找谁?"
"找老子,
还找六十四筒碑。"
"老子还用找?
我就是,嘻嘻。"
我暗自思忖:
名曰问礼,如此非礼,

我张口欲言,
偏哑然无语。

忽而对方诡谲一笑,
颇有几分神秘:
"实告诉你吧,
我是李聃新收的徒弟。"
接下来,便一五一十公开了
他师傅与孔丘先生合股经营
"东方道德咨询服务中心"的全部底细……
最后挥手一指天外,
变得如同唐诗中那可爱的童子,
言师经商去,
云深不知处……

1988年5月6日 合肥

成 汤 陵

安徽亳州为殷发祥地,至今市郊涡河北岸,尚有成汤衣冠冢。"文化大革命"中,竟难逃挖、刨之劫,"造反派"造了造反派开山鼻祖的反。有所悟……

你不必告诉,
这是谁的墓;
我不想追问,
何处有遗骨。
它在我眼中,
大大一堆土,
我在它眼中,
小小不盈握;
它系物所化,
我乃所化物,
打破闷葫芦,
岂分锱与铢!

土!都是土!
黄水冲积的土,
黄风撒播的土,
三千年,
两千年,

一千年,
马蹄沓沓起复落啊,
纷纷扬扬邦家土!

土是未知数——
空间是土,
时间是土,
躯壳是土,
魂灵是土,
历史长河
流的尽是土!
抬望眼,此地空余
单株独立黄楝树,
籽实粒粒何其苦!
一旦也倒下,
同样归于土。
且莫小觑了
斑驳龙鳞一朽木,
圈圈年轮卷卷书:
酋长周文王,
地痞汉高祖,
军阀唐太宗,
和尚朱洪武;
倒数春秋二十度,
它还亲眼看见"红袖箍"……
一代一代喊"造反",

毁的自毁,
筑的自筑;
或为刀俎,
或为鱼肉;
成者王,
败者寇;
才称孤,
便作奴;
昨日地无立锥,
今朝闲庭信步;
颠、倒、输、赢皆为土!

嗟乎!
已矣哉!
世道多变土如故,
土如故,
情则固——
土为父,
土为母,
父精母血,
方有我身体发肤。
我起,
我仆,
我歌,
我哭,
我不争土呀,

我只是爱土!

我——爱——土!

谒陵语成汤,

相看两不足。

1988年5月18日—5月20日　合肥

古井贡酒吟

　　参观亳州古井厂,主人殷勤命我题字,乃即兴写下:"喝贡酒者,皆皇上也。"围观人群相视作会心笑。

往昔老百姓,
委实太可怜,
伤身流血,
伤心落泪,
伤力涌汗,
天亏心,
地无胆,
呼天抢地有谁管,
世世代代苦水里泡,
甘泉只浇金銮殿!

世道开始变,
玉露挂金盏,
欲滴不滴,
似粘非粘;
张张笑脸争着看——
原来,
水火自古相搅拌!
伤身可固本,

伤心可解忧,

伤力可养元!

为君高歌祝酒令,

头一杯,黎民盼有权,

二一杯,黎民盼有钱,

三一杯,黎民开怀从此到永远!

但愿不再出凶顽,

刑狱逼我做奉献;

香,本该众人香!

甜,自当众人甜!

　来!大家举杯同声喊:

　干!

1988 年 5 月 21 日　合肥

雷 峰 塔

在杭州偶听市井传言,有人计划重建雷峰塔。

南屏晚钟,哪一次不庄严敲打,
一百零八,佛偈梵音一百零八;
感谢上苍,愁云如铙怒涛似钹,
恶之囚笼剩下些朽木残砖败瓦。

缘何又拾起悲苦高达七级的神话,
钵盂重托,将这自由魂再度镇压?
可怜!本来她就开错了素瓣心花,
愧煞悔煞,泪泉两汪已自行哭瞎。

1988 年 7 月　杭州

俯瞰富士山

"女士们和先生们,请看!
飞机左下方,就是富士山。"

皑皑积雪乱人眼,
纯洁、淑娴,圣母一般。

为何我呼吸到地心的毒焰?
皮肤上,已然燎泡斑斑。

再一次喷吐熔岩,
还需要等待几年?

……整个儿地球将为之震颤,
航线中断,硫磺吞噬了蔚蓝。

1988 年 11 月 8 日　经由日本赴美途中

寄自新大陆

各人有各人的历史,
在我的历史上,
今天,是哥伦布复活的日子。

新大陆的发现者是我,确实,
对于我的眼睛而言,
一切都是头一次。

我将用我的心遍尝百草,
但凡灵验,我必带回去移植——
愿当生者速生,该死者绝死。

我还要熟读足本的惠特曼,
我也有拓荒者的素质,
我也写拓荒者的诗。

1988 年 11 月 8 日　洛杉矶

签

夜已深,灯火阑珊,
主人偏诡秘一笑:且慢!
请诸位小坐稍候,
要抽签。

最后上来的是一道西点,
油炸三角面片,
薄、脆、香、甜,
新式地雷,危险!

屏息凝目,让众人捏完,
我才用扫雷器将它抓起,掰开铺展:
疾病可以治愈,
命运无法改变。

这头在笑,那头在叹,
唯独我默然。

1988 年 11 月 11 日　圣菲

老 兵 节

　　车过旷野,往往能望见白花花一片方尖碑——越战阵亡者公墓。

活泼泼的小伙子
怎么
突然间全都去死?

仿佛,事先相约好了,
从大洋彼岸,
每个人,只
邮回来一枚犬齿。

乡音含混不清了:
听着!
可敬的绅士!
灵魂
失去了肉体,
大兵
失去了枪支;

单凭这颗犬齿
能上教堂布道吗? 不能!

能上公园讲演吗？不能！

那就休怪我们　永远狠狠地撕咬吞噬

　　这片大陆的

　　一年一度的

十一月十一日！

1988年11月11日　新墨西哥州

教堂秘闻

圣菲远郊,有一座1816年建造的乡村教堂,传说那儿偏厦斗室中的泥土有神效;许多被治愈的越战伤残人,将他们的双拐和轮椅,送来谢恩。

一排烛台。
一排座位。
一阵喃喃祈祷。
一阵悠悠叹息。

一些昨天。
一些今日。
一片血肉模糊。
一片记忆清晰。

一行拐杖。
一行轮椅。
一纸天父眷顾。
一纸人间感激。

一个秘密。
一个奇迹。
一面挖取慷慨。

一面栽种惭愧。

1988年11月12日　圣菲

印第安人群舞

二百年前，
你还拥抱着若干
金瓯碎片。

今天，
只剩下了羽毛冠冕，
　　　羽毛大氅，
　　　　羽毛扇。

还有什么呢？
手鼓，
铃铛，
吁吁气喘，
淋漓大汗，
和那不远处一爿
部落保留地的工艺品专卖店。

四周，
万千人围观，
论肤色
已难分辨；
他们喜欢

日光浴,脱得

剩下一条裤衩儿跑步锻炼,

甚至索性裸体舒展

于草坪、沙滩……

谁说阳光不能垄断?

二百年,

不长,可也不短。

1988 年 11 月 12 日　圣菲

布鲁克林

　　布鲁克林(Brooklyn),纽约一著名城区,历来系穷苦文化人聚居地。

许多许多诗人,
抚弄寂寞弹唱;
惯用泥土与金属建筑沉默的雕塑家
表现自我,柔韧而又顽强;
画家喜欢趴着涂油彩;
作家喜欢站着写文章;
活着,又吵又嚷,
死了,不声不响。

我敢肯定,他们
都曾因这无数的车行
感激而泣,浊泪盈眶:

尾灯尿血,
头灯秃亮,
桥灯贼蓝,
街灯寡黄,

但,无一不擅长

敲打心脏,

叮当,

叮当,

共桥下流水

漫过布鲁克林的钢梁,

全然无休无止呀,

有若洪荒,

不分时间与空间,

难辨浩瀚与漫长……

这些都是灵感的安琪儿?

我看,多半同时也是孽障!

假如,幸运之神并不自天而降,

手拈一朵绿花,含笑

指引于前方。

       1988年11月14日 纽约

魔鬼曼哈顿

1626年,荷兰殖民者以价格相当于25镑的货物,从印第安人手中"买"下了曼哈顿。

不料,买下的是精灵!
一块巨岩,
修炼亿万斯年,
曼哈顿,
就像它自己一般雄壮,
就像它自己一般淫贱!

石头开花了,
结出些桅杆、船帆、锚链,
结出些宣言、法律、诗篇,
结出些清教徒的诚朴与冒险家的勇敢,
结出些伪中之真,丑中之美,恶中之善,
结出些黄金、珍宝,
结出些股票、证券,
结出些道·琼斯百分点,
结出些资本主义苔藓,
烧不死,
沤不烂。

你从海上看,

像仙山;

你从空中看,

像火焰;

你倒钻进去试试瞧,

哪一步,

不面临断裂冰渊?!

魔鬼曼哈顿,

上帝也拿它没办法;

又怨,又怜,

又亲,又嫌,

上帝和它,有点儿像搞

　　　　　同性恋。

　　　　　　　　1988年11月15日　曼哈顿

破碎的地球

——题纽约现代艺术博物馆一铜塑

你！破碎的地球！
缘何
竟从心里生出些虎牙来，
一颗，一颗，
又尖，又稠，
煞像
番石榴
熟了个透！

这是自己咬自己呀，
咬得这般歹毒，
以致鲜血迸流……
喂！地球！
我来问你，
痛也不痛？！
羞也不羞？！

1988年11月16日　纽约

热 流 环 行

不再是杜甫、李白,
不再是寒山、拾得,
奇异的象形文字
竟将洛杉矶的星星
挤出了黑丝绒一般的长夜,
于是,那天庭的神秘石板之上
有新的脚印深深镌刻;

请看!霎眼间又变作了彩色羽蝶
以整齐的序列
飞身印第安部落,和原有的那些
重叠,
远古文明的血缘,花瓣似的
抛撒在布满仙人掌的旷野;

当然要朝觐黄金和白玉砌成的纽约
麦加,原来就属于整个儿世界!
高贵的现代艺术之宫,
慷慨、殷勤、热烈,
大张双臂将她迎接,
台上台下,
中国心,

美国心，
紧紧相贴！

声音不停歇，
又把五大湖跨越，
万米高空鸟瞰，晶亮透彻！
浪花欢腾，胜往昔
日日夜夜，
"当代唐诗，
把冬天重新赶回了它的
巢穴，
须知，昨天这儿还雨冻冰结"。

热流环行，
千真万确，
绕梁不绝，
如歌，如血……

1988 年 11 月 9 日—11 月 23 日
为纪念美国国际诗歌协会首次举办中国诗歌节而作

告别自由神

我盘腿坐在甲板上，
坐在最高层的船舷旁；
不知道是什么缘故，
只觉得怠倦且迷茫，
仿佛周围吹来的不是海的鼻息，
却是一股股燃烧于天堂的忧伤……

你就这样忍心漂走么？
像一柄绝尘的露荷趁雾远荡！
哈德逊河涌起的整个儿是一场梦，
而并非什么蓝色的波浪；
凭了何等魔法你召来这大群的海豚，
弹跳弓腰点头:拜拜！朝我亲切喧嚷。

无情的船只驶向无情的曼哈顿，
回眸间，猛然瞥见了当作栏杆的铁丝网，
我明白，这启示无疑来自上苍；
你我之间，本来就隔着一堵高墙，
但不知是你遭到了永恒的贬逐，
还是我从囚笼中偶然获得一次释放？

　　　　　1988 年 11 月 23 日　在纽约开往波士顿的火车上

海　鸥
　　——携赠 B.Y 兄

海鸥降落于露天餐桌，
眯缝着有如绅士的眼光；
审视这五颜六色的过客，
冷漠中透露出火热的心肠。

　　世纪末的芸芸众生哟，
　　全然是肮脏杂沓的印象！

海鸥踱步于防波堤外，
梳理着胜似淑女的淡妆；
漫不经心地啄食几口青苔复又唾弃，
好一派高贵典雅的模样！

　　二百年前留下的这碟小菜呀，
　　酸、甜、苦、辣怎堪品尝！

海鸥栖息于桅灯之顶，
钉一个十字架，双翅欲张未张；
垂下那上帝的神圣头颅，
我听见了波涛起伏的思想！

被流言所中伤者有福了,

唯有你能获得心灵的殿堂!

1988年11月23日 在纽约开往波士顿的火车上

乔治·华盛顿

美国独立战争期间,乔治·华盛顿将军曾驻节于波士顿市 Brattle 街 105 号,院内至今保存有他当年停放马车的车库。

马车就从这儿出征,像闪电
照亮了
平坦或者崎岖的地面,
车辙清晰可辨,
以致二百年后的今天,
每一记邮戳
都因惯性而伸延……

就从这儿,你驱车向前,走着,环顾着,
踌躇满志,又似乎
不无遗憾,
嘴唇抿得紧紧,
未曾明言。

就从这儿,你径直走上最低面额的纸币
径直走进水手、司机、门房、面包师和绣花女的衣兜与皮夹
  中间,
  (富豪们
    只欣赏金砖,

也许,偶尔会接待一下塞尔蒙·蔡斯大法官)①

你的容颜
总是皱巴巴的(看上去愁眉不展)
总是带着鱼腥,带着泥土,带着煤灰,带着汗,
总是带着疲倦和企盼,
总是带着永远的美国梦,
总是做个没完,
总是做个没完……

也总是被人遗忘,
也总是被人怀念,
你儿时砍倒的那棵樱桃树,
也总是移栽在亿万颗诚实的心中,
也总是在那儿愈合,
也总是在那儿繁衍……

---

① 每张面值一万元的美国纸币,上面印的是国家法院院长塞尔蒙·蔡斯的头像。

圆

我曾用颤抖的手画过多少个圆,
毕恭毕敬,小心翼翼,简直和阿 Q 一样。

自从这一趟我改为用脚,
才挣脱了命运的怪圈,画得忒棒。

原来——一半是太阳,一半是月亮,
原来——一半是现实,一半是梦想;

只有两半合铆,才能构筑
时、空、自然与人生的完整辉煌。

倘或将漫长的弧线切割成无数小段,
哪一段不递给你绝对平坦的假象?

于是,在这渺小又渺小的平坦之上,
竖立起伟大又伟大的傲岸雕像。

他们谁不自诩为唯一的正直?
岂不知是倾斜与倾斜的拒抗和依傍!

比如,此刻我在圣佛朗西斯科街头游逛,

每一步却踩的是亲人脊梁(她睡得正香)!

其实我们都不过是一枚茸毛般的软刺,
企图扎入却偏偏腐朽于某个不漏气的球体之上。

有数不尽的锐角包容其中,排列组装,
浑然成圆——全人类的最后希望。

1988 年 12 月 3 日　旧金山

模 拟 地 震

　　旧金山金门公园内,有一自然博物馆,专门设计了一座模拟1906年旧金山8级大地震的震荡台。

只消往上迈一磴,
就会投入灾变:
房倒屋塌,
大火扑面。

回忆。
体验。

浑浑噩噩大自然,
无所谓恶,
无所谓善。

不可知一瞬间,
有意识整十年。
以万物为刍狗的社会,
才拒绝展览。

1988年12月7日　旧金山

被瓜分了的星星

同一样的是北半球,
天空的故国与天空的异域犹如姊妹,
不一样的是西半球,
他乡的星星与家园的星星竟是妯娌。

抬望眼,
她们都很美丽;
也有些许陌生,
也有些许熟悉。

突然,
头顶飘过来不同的彩旗——
星星被瓜分了呀,
像瓜分钻石和宝玉。
(休再提,
那天生整体的海洋和陆地,
早就布满了
条约、界碑、战舰和待命起飞的歼击机!)
你一粒,
他三粒,
我五粒……
这一位财大气粗,

一张嘴，
吞下去一大堆，
有谁数得清
到底几十几？

浅浅的湖蓝，
深深的幽晦。

我为星星
垂泪。

1988年12月7日　旧金山

联 合 国

　　联合国广播处中文节目制作人樊祖慰先生,11月15日夜,于纽约现代艺术博物馆移樽相会,邀我参观其工作的总部所在,并愿充当义务导游;可惜一时难以分身,错失良机。巍巍大厦,终究未能一睹风采,殊为憾憾。适逢读报有感,特作小诗奉呈,以志谢悃。

百里长街之上,
有一个会走的联合国,
比讲坛更庄严,
比旗帜更活泼——
皮肤的联合国,
毛发的联合国,
眼珠的联合国,
服饰的联合国,
语言的联合国,
习俗的联合国,
当年
将总部设在纽约,
果然半点不错。

白昼的阴影斑驳,
华灯的光彩闪烁,

是否还有若干

联合之外的联合？

是否还有若干

国中之国？

三K党国，

黑手党国，

光头党①国……

阿拉法特

只能到日内瓦去演说。

显示牌电眼冒火，

公布表决结果：

幽默。

1988年12月8日　旧金山

---

① 光头党，是最近兴起于美国的白人至上主义者团体，其标志为剃光头，穿厚皮靴，佩纳粹徽章，颇为猖獗。

并非平行序列

当我告诉你:"太阳和太阴在同一个时辰照耀",
由于我的缺乏常识,你把我狠狠讪笑。

接着我又说:"富裕与贫困本是一母双生子。"
你厉声指斥:"是非不分,难道不觉得可耻!"

假如我咽气了,我求你:"快将我掩埋,
不必用啼哭妨碍别人做爱。"
这一下你勃然大怒:"简直是亵渎!
上帝绝不会再次宽恕!"

可我依旧固执,我还要继续提醒你:
"平行序列,不过是初中学生的几何定理。"

1988 年 12 月 8 日　旧金山

第五季
——加利福尼亚风车群之悲号

是谁之伟力
驱动这垂天的羽翼?

春之外,夏之外,秋之外,冬之外,
春之内,夏之内,秋之内,冬之内,
无形无影
　　　无始终,
若断若续
　　　若一季。

主在云端说
　　　谁贞洁,
　　　谁无罪,
　　　谁破译。

面对神谕,
整个地球喑哑了,
万国不复通言语;
但见飞碟自宇宙深处来,
传诵如下的旨意——

亚当夏娃们听着!
背离乐园的魔鬼!
你们该死的欲火
烧毁了我的全部赐予:
瀑布、煤、泥炭、石油、沼气……
蹂躏过度啊,
超前的更年期!
而那等不及长大成材的小树
只不过是一群无家可归的雏妓!

一切都颠倒过来了,
牧人为羊羔所驱逼;
我只得恳求风神
举着我的十字架前去,
兴许,这原始的凭证,
能令汝等幡然悔改……

报应啊!当年
我为什么
沉湎于那无聊的游戏——
捏出了这些个齷齪的泥坯!

1988年12月9日　旧金山

海狗山眺海

眼前一轮夕阳,
煮着深褐色的太平洋,
是满壶的热咖啡吗?
喝光!然后大踏步走回故乡。

肯定我曾将它品尝,
此刻,还自觉兴奋异常,
嘴里残剩些殷殷苦味——
夜半梦回,昨儿晚上。

1988 年 12 月 10 日　游海狗山归来

思 想 者

　　罗丹的著名铜塑《思想者》,竟在斯坦福大学图书馆门口不期而遇,令人大喜过望……

老友,你可真会选择地方——
楼房的山岳,
典籍的海洋,
如茸的浅草,
似雨的阳光,
还有那青春伴侣无其数,
严肃、活泼而健壮,
而你照旧胴体赤裸,
没有衣裳,只有思想。

一切是如此和谐,
一切是如此流畅,
一切是如此高雅,
一切是如此坦荡。

不过,奉劝你千万别跟我走,
那儿将改变你的模样:
原有的,给你拿掉,
没有的,教你添上。

1988年12月11日　参观斯坦福校园归来

暮

每天傍晚，
有一幅风景
嵌入我的窗口。

老人与狗，
彳亍于滩头。
冷漠的眼光，
困惑的眼光，
彼此早已习惯了，
从不交流。

待明朝，
海潮
拆去这幅画的
结构，
而夕阳西下时，
一切
又将依旧；
我想，这就是
寂寞的性格：
执拗，怀旧，老路，本能，嗅。

1988年12月20日　旧金山

China Town[①]

哪一座大城市
没有China Town?
袖珍中国,
又挤,又吵,
……又乱,又脏。

会馆,最神圣的建筑,
金碧辉煌;
大同乡,小同乡,
也许,还有
公开的和不公开的什么"帮"……
该带来的全都带来了,
包括龙,
包括福禄寿三星,
包括红烛、黄裱和高香,
包括不再叫作庙的孔子会堂。

遗憾!
洋鬼子不让放
炮仗——

---

① 唐人街。

野蛮而忘恩负义的一群啊,

难道

不是先有中国的火药,

后有你们的塑料炸弹、消音手枪?

健忘!

1988年12月26日　旧金山

天 使 岛

旧金山的金门（Golden Gate）扼住了圣·佛朗西斯科湾——一片内海——的咽喉；在这内海之中，孤岛伶仃，名曰：天使岛（Angel Island），实为牢狱。华人入境之前，必须集中该处听候审查，备受歧视、虐待之苦；这种情形，一直持续到20世纪50年代初才渐告废止。

海湾的波涛。
天使的舞蹈。
先人的号啕。

海湾的涟漪。
天使的梦呓。
先人的幽泣。

儿——孙——啊

1988年12月28日　游天使岛归来

哭胡耀邦

您爱中国
把它
看作一块玉
摩挲
摩挲
85％的平坦或者崎岖①
留下了
战栗的温煦

中国把您
也看作一块玉
可能吧,什么人窃窃私语
频频指点
您的身体——
那不足15％的部位……
不！污水
泼不熄宝镜的光辉

我想
这两块玉

---

① 中国将近2000个县,耀邦同志足迹所至,多达1650个。

肯定
都不会碎
都不能碎

1989年4月15日　杭州,惊闻噩耗

平平仄仄和长长短短

诗这种玩意儿
很麻烦,
又很简单,
挑挑剔剔平平仄仄,
随随便便长长短短。

诗是命运的复制品,
命运是诗的姊妹篇。

不如意事常八九,
神来之笔太稀罕,
丑、陋、寡、淡
倒要占去一多半,
一旦困厄,
拗句横亘如大山,
气韵随之艰险,
(真好比虔心虔意进庙烧香,
偏偏抽了一根下下签!)
等到江涌平川,
早已月色阑珊……
更何况入海处,关卡林立,
站满了手执龙旗的令官,

东不盘,西不翻,
专门收缴饱蘸血泪的支管,
还要横挑鼻子竖挑眼
俨然行家一般:
短笛岂可当洞箫?
乱我楚营,从重从严,
罚你面壁十年!

顿时手中空空如也,
只能草草打个逗点,

1989 年夏

流 行 色

乱如麻！一部二十五史
颠三倒四！
是否正因此，
中国人
才一概生就
黑白分明的眸子？
到今日，
怕只剩下仓颉那具僵尸
还攥紧干柴般的五指，
等待着考古队去掰开掌心，
发掘
他那点不值钱的隐私——
一个既非烧得耀眼、也非燃尽凄清的
不冒烟的
　　　　灰字。

又何必预测
什么季节
会时兴什么流行色？

依我之见，
　　　曾经为白，

将来亦白，

恒久必白；

曾经为黑，

将来亦黑，

恒久必黑；

白得像雪，像白贝壳，

黑得像炭，像黑蝴蝶。

那么很好，

就用白贝壳打磨纽扣，

缀在您夜的裙裾上，

那么很好，

就用黑蝴蝶制作领结，

绾在您昼的衬衫上，

走吧，出门去吧，坦坦荡荡，

面对任何大街，任何广场，

您，都无愧于

天地俯仰……

1989 年夏

星星在天上忙着穿梭织网……

星星在天上忙着穿梭织网，
眼儿忒稠，银河里一片惊慌；
谁也休想漏网！无论小虾还是鱼王，
可唯独，唯独阻挡不了我的目光。

我的目光绝对不会落入黑洞，
它乃是最最纯粹的精神所铸熔；
既然并非什么烂铁与破铜，
一切的网便都将徒劳而无功。

1989 年夏

读《诗经》

揭起书笺泛黄的《诗经》,
如开笼放鸟,灌两耳关关啼鸣。

敢情是那早已绝种的水禽?
多谢您,夫子!当年就细心录了音。

超越巫祝咒语,庙堂钟磬,
驱散原始恐惧,官府规箴。

好惭愧!我竟会这般愚蠢,
既学过画符,又帮过扶椟。

于今我来到了江淮之滨,
皓首低垂,与白头芦花相顾伤神。

无边的萧萧正是泽国之呻吟,
有谁再来替我注释忠贞,注释爱情?

1989 年 9 月　合肥

野　草

野草打从脚跟上长出来,
蓬蓬勃勃,无所不在;

野草爬满了我的头顶,
想炫耀花团锦簇之青春;

野草爬满了我的私处,
好掩藏情欲的蚁穴兽窟;

野草爬满了我的两腮,
乃预告生命之垂萎窳败;

间或还结出些烦、忧、愧、悔,
可惜,人生没有除草剂!

回顾身后草莽似乎有路,
清清楚楚偏又模模糊糊;

不知道前方哪六尺地面,
将用来埋葬我的遗言——

唯有草野的草野诗人,

方有野草的野草禀性。

1989年10月　合肥

冷 风 景

列车
本来还算正常运行
虽则颠簸摇晃，很不平稳
汽笛
也十分吓人
但，好歹
总在前进
天知道为了什么
咯噔！
圆圆的车轮
　　　　全蜕变为多边多角形——
几声喘息
老牛沉没于泥泞……

纳闷

许久许久之后
才传来
广播员小姐伤风的鼻音
"临时停车"

从此

再无下文

瞅瞅近处,不见月台

瞭瞭远方,不见人影

其他所有的列车

　　　　　轰隆隆都驰过去了

唯独我们

被嵌在古旧的窗框中

让别人看成了

冷　风　景

1989 年 10 月　合肥

站 牌 传 奇

轻轻地把门带上，
我将往日的故事
一股脑儿锁进了
那倾斜的破房。

弯腰深深鞠躬后，
便化作云彩开始流浪，
管它什么吉凶祸福，
只盼能离开这个地方……

而长途班车却很少很少，
偶尔才摇摇晃晃开来一辆，
一趟，两趟，三趟，
硬是挤不进车厢；

细看路线明确无误，
大小驿站也写得周详。
这种脱皮掉漆的车子本属国有，
据说，我还曾一度被拥戴为王。

可我始终当不上普通乘客，
只好搓手调脚，耐心消磨时光……

忽然间想起了神女峰上的凝望，
立地我也就变成了一截混凝土桩：
眼、耳、口、鼻、舌，连结为地图，
所有的站名一律标作虚妄。

         1989年10月　合肥

别看我的胡子像老榕树一样

别看我的胡子
像老榕树一样,
须根愈长愈密,
　　愈长愈长,
可我的白齿,
还真叫棒,
投一颗胡桃教它钳牢,
保准咯嘣脆响。

是的,我的胡子
像老榕树的须根一样,
愈长愈密,
愈长愈长,
可我的生命
还忒顽强,
我决心活它一千岁——
直等到人人都放声歌唱。

1989 年 10 月　合肥